U0135342

山东省高等学校青创人才引育计划团队"中国语言文学研究创新团队"成果

古代诗文曲研究论集

孙立涛　主编

中国海洋大学出版社

· 青岛 ·

图书在版编目（CIP）数据

古代诗文曲研究论集／孙立涛主编．－－青岛：中国海洋大学出版社，2023.8

ISBN 978-7-5670-3561-4

Ⅰ．①古… Ⅱ．①孙… Ⅲ．①古典诗歌－诗歌研究－中国－文集②古典散文－古典文学研究－中国－文集③古代戏曲－中国－文集 Ⅳ．① I206.2-53 ② J809-53

中国国家版本馆 CIP 数据核字（2023）第 128880 号

古代诗文曲研究论集

Collection of Studies on Ancient Poetry, Literature and Verse

出版发行	中国海洋大学出版社		
社　　址	青岛市香港东路 23 号	**邮政编码**	266071
出 版 人	刘文菁		
网　　址	http://pub.ouc.edu.cn		
订购电话	0532-82032573（传真）		
责任编辑	付绍瑜	**电　　话**	0532-85902533
印　　制	日照日报印务中心		
版　　次	2023 年 8 月第 1 版		
印　　次	2023 年 8 月第 1 次印刷		
成品尺寸	170 mm ×230 mm		
印　　张	9.75		
字　　数	158 千		
印　　数	1—1 000		
定　　价	50.00 元		

发现印装质量问题，请致电 18663037500，由印刷厂负责调换。

编 委 会

主编　孙立涛

委员（以姓氏笔画为序）
　　　王今晖　刘　畅
　　　杨宝春　周　潇
　　　焦绪霞

目　录

《诗经》季节表现研究述论／孙立涛　郭　玲 …………………………001

早期比翼鸟意象及其流变／周　梅 ………………………………………015

简而当理　灵而出新——李德裕文章理论刍议／李若君 ………………032

宋代花馔诗探微——以苏轼、杨万里为例／耿　娜 ……………………046

李昌龄《太上感应篇传》相关问题探讨／焦绪霞 ………………………077

《白兔记》俗性特征分析／杨宝春 ………………………………………091

道教斋醮仪式中的戏剧表演意蕴／黄　静 ………………………………103

明初馆阁作家许彬存世诗文辑考／岳秀芝 ………………………………115

桐城三祖与文人私传／刘　畅 ……………………………………………125

张问陶川蜀纪行诗的书写及性灵派特征／龚　雪　周　潇 ……………134

后　记 ………………………………………………………………………147

《诗经》季节表现研究述论

孙立涛　郭　玲

摘　要:《诗经》内含明确的时间观念,表达时间或时序的方式多种多样,学者对其时间表现方法、时间时序意识和时间用语等多有关注和研究。《诗经》中各种动植物名物往往是季节性的反映,学者在谈及《诗经》"比兴"时也往往会述及此。《诗经》含有丰富的时令性词汇以及与之对应的民事活动,从中还可体察季节时令与周代婚嫁、祭祀、农事等社会风俗的关系。《诗经》内容情感的抒发也与季节有着密切的关系,尤其是春季和秋季。《诗经》作为季节表现的发端,又对汉魏六朝文人诗歌情景关系的营造起到了助燃的作用。因此,《诗经》季节表现及其影响值得我们去深挖。

关键词:《诗经》;季节表现;时间时序;民俗;情感

《诗经》奠定了中国古代诗歌的创作传统。孔子说:"诗可以兴,可以观,可以群,可以怨。迩之事父,远之事君,多识于鸟兽草木之名。"(《论语·阳货》)这不仅体现了《诗经》内容的广博性,而且表明《诗经》具有多方面的社会功能。阮元(1980)《十三经注疏·毛诗正义》载《诗大序》曰:"诗者,志之所之也,在心为志,发言为诗。"这揭示出中国古代诗歌的抒情特质,《诗经》的抒情方式多是喻志于物或触物兴词。在《诗经》时代,与生活关联的万事万物都有可能触发作者的情思并进而发言为诗,而古代诗人较为敏感的季节变化,自然也是《诗经》抒发情感的题中应有之义。近年来,有部分学者在《诗经》季节表现方面展开研究,笔者在检视这些研究成果时受益良多,故将相关研究成果列于下文,以飨广大读者,同时附呈臆见,以求教于方家。

《诗经》中时间与时序

《诗经》中的作品虽然有着明确的时间观念,但表达时间或时序的方式却多种多样,所以对时间呈现和时序意识进行研究,是认识《诗经》季节表现的重要途径。

关于《诗经》中时间的表现方法,当代学者有较为详细的研究。姜志军等(2008)指出,《诗经》的时间诗语内涵简单而明确,多以典型意象的生长过程或者生命周期来作为时间表现的一种手段。郭宝玉(2009)将《诗经》中记述时间的方式分为六种,即天体运行、风霜雨雪、动物活动与植物兴衰、人群活动、社会习俗以及直接点名年月,还考察了《诗经》中的时间因素具有的文学意义,指出某些时代信息也可以从《诗经》中的时间表达及观念中表现出来,比较系统地论述了时间因素与农事之间的密切联系。马庆洲(2010)从文字训诂入手,将《诗经》中的时间概念分为显性时间和隐性时间,前者是以日、月、年等历法时间表示,后者是以星象、物候以及空间转换来表示。董消消(2019)把《诗经》中描写时间推移的类型分为四类,分别是直接叙写、借物候变化叙写、借自然现象叙写、借事情发展叙写,同时指出,这些表现时间推移的描写主要体现在《诗经·国风》之中,其中借助物候、自然现象等来表现时间,也使得诗歌结构更加紧密严整,形成含蓄蕴藉的风格特征。吴婕(2012)指出,《诗经》通过时间名词和副词、自然物候、生产活动、社会习俗来表现时间意识,并对这四种表现时间的方式进行了举例论证,同时指出这些时间意识的表现形式对后世文学产生了深远的影响。

关于《诗经》中的时间时序意识,今人也有着较为充分的研究,研究的方式或与西方理论相结合,或与其他学科相结合。张蕾(2005)将先民的时间意识分为时序感受、心理感受、生命感受三个方面，并根据胡塞尔的《内在时间意识现象学》中的理论分析了《诗经》中的主观时间与客观时间，从而将《诗经》表现出的时间意识与人物心理感受相联系。张新(2007)和陈玲(2009)主要以西方的时间观念为依据来探讨中国先民的时间意识。前者讨论了《诗经》中的时间再现问题，分析了《诗经》时代的时间观念，即循环时观和阴阳时观，介绍了《诗经》时代的时间观念对时人价值观和人生观的影响，并因此造就出中国文学传统的独特性。后者根据胡塞尔的理论并联系人类学等相关学科，从时间的自然对象化、时间的空间化、时间的循环性及时间的及时性四个方面，来探讨周代先民的时间意识，从而揭示了周代先民在自然领域、社会领域中异常丰富的时间表达方式。陈向春(2008)在谈及中国古典诗歌的时间主题时认为，《诗经》中的时间主题，是存在于物理学层面的主题，还并未过渡到哲学层面的时间，所以并不具备后世诗歌中的情感蕴藉和生命体验。许迪(2014)将《诗经》中的时间意识延伸到权命、时运、先王三个方面，从生命观和历史观的角度去阐发《诗经》中的时间意识，并与宗教和哲学相联系。这种跨学科研究在一定程度上拓展了《诗经》时间意识研究的范围。隋宇(2015)与以上偏重于时间理论研究的学者不同，重点分析了《诗经》中的时序变化对人的情感的影响，同时指出在不同的时间进行固定的劳动、祈祷、恋爱成婚等活动是《诗经》时序意识源起的一个重要因素，这就把人类的生产生活、社会活动作为《诗经》时间观念的重要表现方式。

此外，今人还对《诗经》的时间用语进行了相应的考释，考释主要集中在《诗经》中时间副词的使用上。张道俊(2006)归纳出《诗经》中22个时间副词，并对这些时间副词做了整理分析，认为《诗经》中已经形成了包括时间、范围、程度、情态、语气等在内的完整副词系统。余艳(2008)在统计《诗经》时间范畴表达的基础上，联系胡明杨的语义语法范畴中的显性时间语法和隐性时间语法的理论，分析了《诗经》中的时间短语以及时间副词，还总结出用于记日、记月、记季节、记年岁的时间单位，这些时间单位也多以字、词、句的形式出现。王金芳(2011)指出，时间副词在《诗经》中的使用频率极高，并且用法多样，可分为表初始、表过去、表正在、表将来、表暂且、表终竟等六大类，包括"初""始""载""肇"等在内的25个常用时间副词，在风、雅、颂中均有出现。这说明《诗经》的时间要素主要通过时间副词的运用表现出来，同时也说明《诗经》时代时间意识已经形成,并开始追求语言表达的精细化。另外,刘姝辰(2012)将《诗经》中的时间副词分为已经完成、正在进行、将要发生、表时间先后、表永久长期、表暂时、表不定时等七种类型,这也在一定程度上表明,《诗经》中的时间概念已经相对成熟。

由上可见,当今学者在《诗经》的时间表现方法、时间时序意识和时间用语等方面,做了较为充分的研究,有的从诗歌语言本身入手做出详细考证,有的将其与先民心理、社会民俗相关联,或将其与诗歌风格及文学影响相结合,其间综合运用到文本考据、文字训诂、语言学、国外相关理论等研究方法,这些成果无疑对我们进一步了解《诗经》中的季节表现有一定的帮助。

《诗经》中的季节性名物

自古至今,《诗经》中的名物备受关注,关于《诗经》名物考据的文献资料也有很多。孔子(1980)曾指出,学习《诗》可以"多识于鸟兽草木之名",汉代《毛诗故训传》中已出现对各种名物名称的注解。三国吴人陆玑的《毛诗草木鸟兽鱼虫疏》是第一部研讨《诗经》名物的专著,对《诗经》中的很多名物进行了认识和辨别。之后唐代孔颖达的《毛诗正义》、宋代王应麟的《诗地理考》、清代徐鼎的《毛诗名物图说》、民国童士恺的《毛诗植物名考》等著述,也在《诗经》名物考据方面做出了相应的努力。但总体来看,这些名物考据力求全面,并非专门针对季节性名物进行的专门研究,不过其中涉及的一些动植物的考据,也为《诗经》的季节表现研究提供了一定的支撑。王建堂(1995)指出,《诗经》中春夏秋冬四季的划分,鸟是重要的参照物,各种鸟类的活动具有标明物候的作用,扬之水(2000)也说道:"《诗》以物纪时,所谓'以草木为春秋'也。"一语中的地点明了《诗经》中各种动植物名物与季节因素的关联。

刘赜秀(2012)在《诗经》季节性名物研究方面用力颇深,将《诗经》中的物候按照四季冷暖划分为春季物候、夏季物候、秋季物候、冬季物候四类,并整理出四季各具代表性的季节物候:春季有植物抽芽和开花、鸧鹒等鸟类鸣叫等标志性物候现象;夏季有打雷、蝉鸣、植物繁茂、荷花盛开等标志性物候现象;秋季有虫鸣、草木凋敝、大雁等标志性物候现象；冬季有北风、雨雪、寒冰、棠梨树等标志性物候现象。另外，该文在述及"物候描写的功能"时指出，《诗经》通过四季的各种物候现象来传递情感、渲染情境，具有立体的感觉效果，也就是说，《诗经》中某些季节表现与诗情、诗境的营造有着密不可分的关系。马庆洲（2010）将《诗经》中的时间概念分为显性时间和隐性时间两大类，其中隐性时间与星象的转换、候鸟的来去、植物的萌生凋零等物候现象息息相关，并指出斯螽、莎鸡、蟋蟀等虫的活动变化也预示着时间的更替。

另外，学者在谈及《诗经》中的"比兴"时，也往往会述及季节性名物。在《毛诗故训传》中标示起兴的诗句有百余句，其中绝大多数以草木虫鱼这类季节性名物起兴。清代汪师韩《诗学纂闻》言："诗尚比兴，必旁通鸟兽草木之名。"这表明，《诗经》中的比兴与草木鸟兽这种能够反映季节时令的名物有着密不可分的关系。今人在"比兴"与季节性名物的关系方面也进行了较为充分的研究，比如夏传才（1985）在论述《诗经》"兴的艺术"时提及，借物、借景起兴的诗句中存在大量季节性风物，这一方面能够点名时令，另一方面与诗人情感也具有直接或间接的联系。吕华亮（2008）也指出，《诗经》的比兴以草木鸟兽鱼虫作为载体，而通过对草木鸟兽虫鱼的描写也恰恰反映出其季节性，因而众多名物的运用便成为季节性描写。

《诗经》中的季节与民俗

班固（2007）在《汉书·地理志》中谈及"风俗"时曰："凡民函五常六性，而其刚柔缓急，音色不同，系水土之气，故谓之风；好恶取舍，动静之常，随君上之情欲，故谓之俗。"这里将"风"和"俗"分别进行了解释，认为"风"是自然条件和自然环境，"俗"是人类活动和社会环境。与之相似，应劭（1990）在《风俗通义》序言中也说："风者，天气有寒煖，地形有险易，水泉有美恶，草木有刚柔也；俗者，含血之类，象之而生，故言语歌讴异声，鼓舞动作殊形，或直或邪，或善或淫，圣人作而均齐之。""天气有寒煖"的"风"恰恰反映了季节上的更替变化，其与"俗"密切相关。所以，姚际恒（1958）在《诗经通论》中说道："鸟语虫鸣,草荣木实,似月令。妇子入室,茅绹升屋,似风俗书……"这说明,《诗经》是周代文化风貌的真实反映,其中含有丰富的时令性词汇以及与之对应的民事活动,从中可体察季节时令与周代社会风俗间的紧密关系。

关于《诗经》中季节与民俗的关系,当今学者在某些领域也有了一定的研究积累。比如《诗经》婚嫁风俗的季节表现,在当今学者间即有着较为充分的探讨。举例来看,毛忠贤(1988)指出《诗经》中的婚恋诗多以春季为背景,但并未展开论述。后来郜林涛(1997)着重阐释了《诗经》婚嫁诗所反映的女祭、婚时、聘礼等习俗,分析了其深层内涵与文化心理,并对婚嫁时令进行了详细考述,他将春季嫁娶与阴阳之气相联系,认为春娶有利于子嗣繁育。而何保英(2001)明确地把春季与男女约会、恋爱主题相关联,通过蔓草、彤管、木瓜等具有明显节令性的赠物来考述这一问题,同时还将《诗经》中大量的爱情婚恋诗与古代的六礼做出了对应。王佳楠(2001)在分析《诗经》中大量爱情诗的基础上,对当时的婚俗与民俗进行考释,并通过对《诗经》中季节描写的分析,得出"婚嫁之事始秋末,迄于春初"的结论。涂庆红(2002)在谈及婚恋风俗问题时,对《国风》中许多诗篇的景物描写进行了分析,认为仲春时节是男女进行自由恋爱交往的时节,同时仲春、秋冬时节皆有对婚嫁之事的描述,但受农耕经济的影响,周人将婚姻之事一般放在秋冬农闲时节。法国学者葛言兰(2005)谈及《诗经》中的情歌时,初步将婚恋之事与季节相关联;葛言兰等人(2020)认为春季并不是时人举行婚礼的时节,而是缔结婚约的时节。

除了《诗经》婚嫁风俗与季节的关系外,当今学者对《诗经》中祭祀、农事活动的季节表现也进行了相应的研究。刘源(2004)《商周祭祖礼研究》、钱杭(1991)《周代宗法制度史研究》、赵沛霖(1989)《诗经研究反思》等学者在其著作中,都论及《诗经》的祭祀诗。但多数学者认为,《诗经》祭祀诗篇在思想意义、艺术表现等方面的价值有所欠缺,祭祀研究也多集中在题旨、制度、政治、祭祀对象等方面。近年来,也有部分论著从时令角度对《诗经》祭祀、农事活动进行探讨。江林(2004)指出,周代的祭祀与农业生产活动密切相关,并在此基础上形成一系列的制度规范,如社稷、四方、大雩、籍田、大腊、田祖、先蚕、时享、荐新等祭祀典礼。葛言兰(2005)对《诗经》中涉及的季节感、节气性进行了分析,认为《诗经》时代的节庆与太阳周期、植物生长周期并没有本质上的联系,而是依赖于农民的生活节律,也就是说,《诗经》中所体现出的季节感与农事生产活动密切相关。冯红等人（2006）也认为，在《诗经》时代，农事为立国之本，祭祀为治国之政，二者密不可分，同时以一系列具体诗歌为例，详细考证了春季籍田礼和秋季尝礼的祭祀过程及其与农事的关系。吴丽清（2006）对于春天的籍田礼进行了详细的考述，指出农事与祭祀之间存在密切关系，农业方面对社稷的祭祀主要有仲春祈谷、仲秋报谢、孟冬大祭。杨颖（2011）在谈及祭祖诗中的献祭品时指出，周代四季有不同的祭祀习俗，即春祠正月始食韭，夏禴四月食麦，秋尝七月尝黍稷，冬烝十月进初稻，并以《豳风•七月》《小雅•信南山》等为例说明，在不同时节以不同祭品进行祭祀，这是由所收获的农作物来决定的。张珂（2011）以《豳风•七月》季节月令为线索，考述了不同季节下豳地的风俗风貌，如天文历法、农事、保鲜、物候、祭祀、纺织，也就是说，季节历法对于农业生产领域风俗与民俗的形成产生了重大影响。

由上可见，学者们在探讨《诗经》中的季节与民俗的关系时，多集中在婚嫁风俗中的季节表现、祭祀与农事中的季节表现两个方面。其实，周人生活的方方面面，诸如卜筮活动、节庆习俗、社会组织，乃至游牧狩猎、手工劳动、服饰装扮，均在《诗经》季节表现中有着一定的反映，这些也值得我们做出进一步的研究。

《诗经》中的季节与情感

《诗经》内容情感的抒发也与季节有着千丝万缕的联系，这样的季节表现一般集中在春季和秋季上。日本学者松浦久友等人（1982）述及季节意识与时间意识的关系，认为中国古代诗歌更侧重于表现春秋季节的原因在于时间意识，春秋由于其推移属性相比于夏冬更能体现时间意识，因而能够成为诗歌中优先表现的季节。当然，在中国古代诗歌之中，时间意识与诗人情感间也有着难以分割的关系。

首先，来看春季。洪之渊（2008）指出，《诗经》中表达婚恋之情的兴语，往往与春季各种动植物的物候现象相关联。田利红（2010）以《国风》中的诗篇为例对春季表现进行了概括总结，从中可以看出，"春天"在《诗经》中有着多样的表现方式，主要通过自然界的气候现象以及动植物的各种情态来表现；"春天"与《诗经》起兴之间的关系密切，且此类兴句数量众多，能起到奠定全诗情感氛围的作用；而且《诗经》中与春天有关的活动也有很多，男女婚期、婚恋之事是最主要的体现。庄瑞彬（2012）认为，《诗经》中的春天景物大都洋溢着欣欣向荣、快活、成长的气氛，体现了时人对春天的生命礼赞及感动之情。与之相似，张诏宣（2021）认为《诗经》中的春季物候意象总是明媚阳光、喜庆欢乐的，且多与婚恋诗联系紧密，即便是出现在战争徭役诗中的春季物候意象，也很少有对执政者不满的表现。由此可见，《诗经》中的春季表现总是积极的、温情的。

其次，来看秋季。朱芳（2008）将英国济慈的《秋颂》与《诗经·良耜》进行了对比研究，她认为英国诗人在诗歌中喜好表现夏冬，而中国早期诗歌则喜好表现春秋，同时还指出《诗经》中的秋季表现，除了悲秋的感伤基调之外，还有丰收主题和神话质素这两大重要表现，从而打破了人们对于《诗经》乃至中国早期诗歌悲秋情感的单一认知。另外，庄瑞彬（2012）在述及"诗歌中的秋"主题时也认为，《诗经》中的诗篇已经揭开了中国文学中悲秋主题的序幕。与之相似，王蕊（2013）指出，《诗经》的诗篇中就已经出现了以秋季景物进行起兴的抒情方式，且多为"悲哉秋多为气也"的悲秋、伤感基调。

以上研究表明，《诗经》中的某些主题情感已经与季节，尤其是春秋季发生了联系，而且《诗经》中的季节表现是后世诗歌季节表现的滥觞。

后世诗歌季节表现对《诗经》的继承

《诗经》对中国古代诗歌创作的影响是广泛而深远的，这种影响也包括后世诗歌在季节表现方面对《诗经》的继承发展，关于这点我们可以从以下三个方面来看。

一是《楚辞》中的季节表现对于《诗经》的继承发展。《楚辞》中含有大量的季节性用语，例如："日月忽其不淹兮，春与秋其代序。惟草木之零落兮，恐美人之迟暮"（《离骚》）；"袅袅兮秋风，洞庭波兮木叶下"（《九歌·湘夫人》）；"春兰兮秋菊，长无绝兮终古"（《九歌·礼魂》）；"播江离与滋菊兮，愿春日以为糗芳"(《九章·惜诵》);"乘鄂渚而反顾兮,欸秋冬之绪风"(《九章·涉江》);"民离散而相失兮,方仲春而东迁"(《九章·哀郢》);"悲秋风之动容兮,何回极之浮浮"(《九章·抽思》);"滔滔孟夏兮,草木莽莽"(《九章·怀沙》);"何芳草之早夭兮,微霜降而下戒"(《九章·惜往日》);"悲霜雪之俱下兮,听潮水之相击"(《九章·悲回风》);"湛湛江水兮,上有枫。目极千里兮,伤春心"(《招魂》);"何所冬暖?何所夏寒?"(《天问》);"悲哉秋之为气也!萧瑟兮草木摇落而变衰"(《九辩》)。朱熹(1953)在解释"目极千里兮,伤春心"(《招魂》)这一诗句时云:"目极千里,言湖泽博平,春时草短,望见千里,令人愁思也。"这表明,春天这个在《诗经》中原本活力美好的季节,至战国时期的《楚辞》之中反而具有了一定的感伤色彩,这也在一定程度上说明,自《诗经》季节意识滥觞之后,《楚辞》中的季节表现与比兴手法一样,也开始具有了自觉的意识。今人施仲贞(2013)也指出,《楚辞》中存在大量以自然现象的变化来昭示时间流逝的诗句,如秋季多以"草木零落""百草不芳"等植物的凋落来表现,这种物象往往具有感伤意味,对于《诗经》中的时间意识具有一定的继承性,即仍"以物纪时"。

二是以《古诗十九首》为代表的汉代五言诗对于《诗经》季节表现的继承。研究者认为,《古诗十九首》表现出的强烈的时间观念与生命意识与《诗经》的季节表现具有一脉相承性。例如,傅锡洪(2011)述及时间意识及其呈现方式时认为,冬秋季节会引发诗人对于衰老的联想,季节的更替、朝露的易逝等都是引起诗人感发的因素,诗歌中所呈现的也都是真景物、真感情,这些极大地受到《诗经》以来的现实主义诗歌传统的影响。李阿芳(2012)指出,《古诗十九首》对于时间与生命意识的深刻体认与率真表达受到包括《诗经》在内的前代诗歌的深刻影响,同时又是建安时期"人的自觉"和"文的自觉"的前奏,故起着承上启下的作用。王倩(2013)指出,《古诗十九首》中季节性计时概念交替出现,伤时感蕴藏在时间的记录中;而《诗经》在时间概念的表达上具有开创性意义,时间的明确性也较强,为情感的传递铺平了道路,这在很大程度上影响了以《古诗十九首》为代表的汉代五言诗。

当然,在季节表现的承继之外,艺术成就甚高的《古诗十九首》在主题、意象、用典、情感等方面也与《诗经》之间存在诸多可比性,相关学者在这些方面也做出了一些研究成果。

三是魏晋南朝诗歌对于《诗经》季节表现的继承,这主要表现在情景关系的处理上。关于此,魏晋南朝时期的文学理论著作之中有着深刻的认识。刘勰(1986)在《文心雕龙·物色》篇中谈到"物色之动,心亦摇焉",是指季节的变化引起景物的变化,景物的变化又引起人的思想情感的变化;其后又以"岁有其物,物有其容;情以物迁,辞以情发"进行阐释,这进一步说明了人的情思随着景物的变化而变化,创作的灵感就是由这些景物的变化而激发的。而陆机(1982)《文赋》又云:"遵四时以叹逝,瞻万物而思纷;悲落叶于劲秋,喜柔条于芳春。"钟嵘(1998)《诗品》亦曰:"若乃春风春鸟,秋月秋蝉,夏云暑雨,冬月祁寒,斯四候之感诸诗者也。"这同样是在说明,诗歌创作过程中四时物色的变化与情思、灵感之间的关系。另外,南朝梁代宗懔的《荆楚岁时记》、宋代蒲积中的《古今岁时杂咏》,对岁时诗有专门的辑录。以上这些著作充分注意到了四季与诗歌情思之间的关联,而这一关联的根源自然可以上溯到《诗经》中的诗歌。

除了魏晋南朝时期的文人学者注意到季节景物与抒情之间的密切关系外,今人对此方面也有相应的关注,基本认为《诗经》是诗歌季节表现的发端,对魏晋南北朝同类型的诗歌起到了奠基作用。如沈凡玉(2007)从文学史的角度描绘出魏晋至齐梁时期诗歌中季节书写的嬗变过程,并指出魏晋时期的诗人大多遵循着《诗经》与《楚辞》的季节书写传统。张晓青(2012)同样认为,最初诗人们较多地继承了先秦《诗经》时代的"比兴"传统与"感时物之变"的模式,季节在诗歌中往往是一种象征或比喻,特定季节总与特定抒情主题相连,但晋代以后,季节表现开始作为单纯的景物描写出现,得以承载更多样的诗情,成为诗歌抒情的背景与伴奏。另外,张晓青(2012)指出:"在中国诗歌之初,季节感就已经成为古典诗歌的感觉表达方式和结构形态的基本属性之一。"同时列举了魏晋南北朝诗歌对于《诗经》中季语典故的化用情况,这说明先秦诗歌中就已经出现魏晋南朝理论家笔下的季节情思,并且后世诗歌季节表现的发展离不开《诗经》所奠定的基础。而翁林颖(2019)专门追溯了《诗经》与《楚辞》的季节书写,并指出《诗经》开启了中国古典诗歌自然描写的先河,季节物色作为自然描写不可缺少的一部分,已经以比兴的方式零星地出现在《诗经》当中。也就是说,季节的物色并不是作者想要表现的中心对象,而是起到引子或者象征的作用,这也是季节参与诗歌抒写的萌芽。

经上可见,《诗经》作为现实主义诗歌的源头,在季节表现方面具有奠基作用，魏晋南朝以来的"感物"诗学与《诗经》中季节表现是一脉相承的关系，甚至后代诗歌中的时序意识、"伤春悲秋"的季节偏好以及"情景交融"的抒情方式都由此滥觞。除了魏晋南朝的理论著作对诗歌中的季节表现予以阐发外，在后世，尤其是唐宋时期，一些大型类书中出现了以季节为分类标准来整理书目的方法，像《北堂书钞》《艺文类聚》《初学记》《太平御览》等类书中皆有"岁时部"，在"岁时部"下再细分为春、夏、秋、冬四小部，其中涉及诗歌作品的部分相当于为其季节性表现做了梳理工作，这方便了后人的查找与参阅，同时也反映出历代文人学者的季节意识越来越明显。

综上所述，《诗经》存在较强的时间时序意识，除直接呈现外，多借他物他事表现；而季节作为时间时序意识中的重要方面，其表现形式亦有多样化的特点，或是借动植物来表现，或以自然现象与农事生产来反映，或是直接点明；这些季节表现有些存在于兴句之中，不仅与诗情诗境发生关联，而且还能够从中体察世风民情。《诗经》季节表现在后世产生了广泛的影响，无论是战国时期的《楚辞》作品，还是汉代的文人五言诗，抑或魏晋南朝时期大量的抒情诗，都在一定程度上继承或发展了《诗经》的季节表现；诗人往往将季节变化作为情感抒发的依托，从而对中国早期诗歌情景关系的营造起到一定的助燃作用，魏晋之后的文人理论著作中对此有着深刻的认识。唐宋及以后，一些文人集中也开始以"四时"为编目来收集各类作品，可见其影响之深。但综观前人的研究成果，虽在某些方面做出了一定的探究，但整体上看关注度并不理想，或研究不够细致深入，且个别领域多以硕博研究生论文为主，系统性高质量的研究成果尚少。所以，《诗经》季节表现还有广阔的空间值得去挖掘，希望本文能够起到抛砖引玉的作用，亦望各位学人能在此领域继续开拓，进一步将研究引向深入。

| 参考文献 |

[1] 班固. 汉书 [M]. 北京:中华书局,2007.

[2] 陈玲. 从《诗经》看周代先民的时间意识特征 [D]. 福州:福建师范大学,2009.

[3] 陈向春. 中国古典诗歌主题研究 [M]. 北京:高等教育出版社,2008:23-36.

[4] 董消消. 浅论《诗经》中时间推移的描写 [J]. 文化学刊,2019,14(9)：247-249.

[5] 冯红,黄英惠. 论《诗经》中的农事与祭祀 [J]. 黑龙江社会科学,2006,13(6)：127-129.

[6] 傅锡洪. 中国古诗中的时间意识——就《古诗十九首》而谈 [J]. 福建论坛(社科教育版),2011(12)：76-77.

[7] 郜林涛.《诗经》所载上古婚嫁时令的文化内涵 [J]. 晋阳学刊,1997,18(6)：4.

[8] 葛言兰. 古代中国的节庆与歌谣 [M]. 桂林:广西师范大学出版社,2005.

[9] 葛言兰,卢梦雅,蒯佳. 中国上古婚俗考 [J]. 文化遗产,2020,14(1)：74-84.

[10] 郭宝玉.《诗经》中的时间研究 [D]. 西安:西北大学,2009.

[11] 何保英.《诗经》与婚恋风俗 [J]. 五邑大学学报:社会科学版,2001,15(2)：52-55.

[12] 洪之渊."关关雎鸠"考释 [J]. 温州大学学报:社会科学版,2008,11(4)：12-16.

[13] 江林.《诗经》与宗周礼乐文明 [D]. 杭州:浙江大学,2004.

[14] 姜志军,张军.《诗经》与《楚辞》时间诗语内涵的区别 [J]. 安徽文学(下半月),2008,3(6)：178.

[15] 陆机. 文赋 [M]// 陆机著,金涛声点校. 陆机集. 北京:中华书局,1982:1.

[16] 李阿芳. 对《古诗十九首》中时间生命意识的解读 [J]. 齐齐哈尔师范高等专科学校学报,2012,8(4)：41-43.

[17] 刘赖秀.《诗经》中的物候描写研究 [D]. 福州:福建师范大学,2012.

[18] 刘姝辰.《尚书·虞夏书》与《诗经》的副词比较 [J]. 励耘学刊(文学卷),2012,8(1)：218-246.

[19] 刘源. 商周祭祖礼研究 [M]. 北京:商务印书馆,2004.

[20] 吕华亮.《诗经》名物与《诗经》成就 [D]. 济南:山东大学,2008.

[21] 马庆洲. 物换星移——《诗经》时间概念考释 [J]. 清华大学学报:哲学社会科学版,2010,25(3)：73-79,160.

[22] 毛忠贤. 高禖崇拜与《诗经》的男女聚会及其渊源 [J]. 江西师范大学学报,1988,14(4):16-23.

[23] 钱杭. 周代宗法制度史研究 [M]. 上海:学林出版社,1991.

[24] 阮元. 十三经注疏·毛诗正义 [M]. 北京:中华书局,1980:269.

[25] 沈凡玉. 从感时兴怀到吟咏四季:魏晋至齐梁诗歌中"季节"书写的嬗变 [J]. 中正大学中文学术年刊,2007,6(8):1-30.

[26] 施仲贞. 回忆与想象 —— 论《离骚》的时间意识 [C]// 中国屈原协会. 中国楚辞学. 北京:学苑出版社,2013:50-59.

[27] 松浦久友,林岗. 中国古典诗的春秋与夏冬 —— 关于诗歌的时间意识 [J]. 诗探索,1982,4(2):224-230,232-235.

[28] 隋宇.《诗经》的时序意识研究 [D]. 哈尔滨:黑龙江大学,2015.

[29] 田利红.《诗经·国风》"春天"之探微 [J]. 保山学院学报,2010,29(4):76-79

[30] 涂庆红.《诗经》风俗的归类研究 [D]. 成都:四川师范大学,2002.

[31] 汪师韩. 诗学纂闻 [M]. 世揩堂藏本.

[32] 王佳楠.《诗经》爱情诗中的婚俗与民俗 [J]. 大连大学学报,2001,11(5):71-73.

[33] 王建堂.《诗经》中的鸟意象 [J]. 山西师大学报:社会科学版,1995,22(2):5.

[34] 王金芳.《诗经》时间副词考察 [J]. 咸宁学院学报,2011,31(8):85-88.

[35] 王倩.《古诗十九首》"伤时之作"艺术表现手法探析 —— 试与《诗经》对比分析 [D]. 昆明:云南大学,2013.

[36] 王蕊. 早期诗歌里秋季景物的描写与寄情 —— 对山水诗兴起之前秋景描写的考察 [J]. 长春教育学院学报,2013,29(15):33-34.

[37] 翁林颖. 魏晋诗歌中的季节书写 [D]. 福州:福建师范大学,2019.

[38] 吴婕.《诗经》中的时间意识及对后世的影响 [J]. 金华职业技术学院学报,2012,12(4):77-80.

[39] 吴丽清.《诗经》祭祀诗研究 [D]. 广州:暨南大学,2006.

[40] 夏传才. 诗经语言艺术 [M]. 北京:语文出版社,1985:88-104.

[41] 许迪.《诗经》中的时间意识探析 [J]. 云南大学学报:哲学社会科学版,

2014,13（2）：55-61,112.

[42] 扬之水. 诗经名物新证 [M]. 北京：北京古籍出版社,2000.

[43] 杨颖.《诗经》祭祖诗与周代宗庙祭祀文化研究 [D]. 西安：西北大学,
2011.

[44] 姚际恒. 诗经通论 [M]. 北京：中华书局,1958.

[45] 应劭. 风俗通义 [M]. 上海：上海古籍出版社,1990.

[46] 余艳.《诗经》时间范畴表达 [J]. 河西学院学报,2008,19（4）：36-40.

[47] 张道俊.《诗经》的副词系统 [J]. 湘南学院学报,2006,13（1）：71-74.

[48] 张珂.《诗经·豳风·七月》——周代风俗之缩影 [J]. 鸡西大学学报,
2011,11（5）：99-100.

[49] 张蕾.《诗经》中的时间意识 [C]// 中国诗经协会. 第六届诗经国际学
术研讨会论文集. 北京：学苑出版社,2005：320-328.

[50] 张晓青. 中国古典诗歌中的季节表现——以中古诗歌为中心 [D]. 北京：
中国社会科学院研究生院,2012.

[51] 张新. 论《诗经》中的时间 [D]. 北京：首都师范大学,2007.

[52] 张诏宣.《诗经》物候叙写研究 [D]. 银川：北方民族大学,2021.

[53] 赵沛霖. 诗经研究反思 [M]. 天津：天津教育出版社,1989.

[54] 钟嵘. 诗品译注 [M]. 周振甫,注. 北京：中华书局,1998.

[55] 周振甫. 文心雕龙今译 [M]. 北京：中华书局,1986.

[56] 朱芳. 济慈"秋颂"与《诗经·良耜》里的秋天 [J]. 世界文学评论,2008,
3（2）：233-236.

[57] 庄瑞彬. 先唐诗歌中的典型季候风物研究 [D]. 南京：南京师范大学,
2012.

[58] 朱熹. 楚辞集注 [M]. 北京：人民文学出版社,1953：134.

|作者简介|

孙立涛,青岛大学文学与新闻传播学院特聘教授。

郭玲,青岛大学文学与新闻传播学院研究生,研究方向为先秦两汉文学。

早期比翼鸟意象及其流变

周　梅

摘　要：关于比翼鸟的记载最早见于《山海经》，此时的比翼鸟是"见则天下大水"的身负神力的凶咎之鸟。在后世的文献记载中，比翼鸟意象的负面色彩不断弱化，转化为象征盛世太平、政治清明的祥瑞，神话色彩淡化，王权象征意义逐步建立。比翼鸟意象内涵的转变自周代始，至秦汉定型，期间受到先秦和合文化的影响，且与凤凰意象有所牵扯。随着汉代以来纯文学的逐步发展，比翼鸟意象在文学世界中也逐渐活跃，具有表征手足之情、朋友之谊和男女爱情的多种寓意，至唐代白居易《长恨歌》出，比翼鸟意象喻指爱情的内涵才逐渐固化。

关键词：比翼鸟；神话；诗歌；意象流变

对比翼鸟意象的研究，学界已有前人做了一些相关的工作，但总的来说关注度不足，研究成果有所欠缺。整体说来，对比翼鸟意象的研究主要集中在两个方面：一方面是比翼鸟意象流变研究。黄雪敏（2015）通过对比翼鸟意象在中国古典文学作品中象征意义演化的分析，探讨其来源、形成原因及影响，同时对比翼鸟的审美意蕴有所侧重。乔阳、田书慧（2014）主要梳理了比翼鸟由凶恶之鸟向祥瑞之鸟的转变过程，并探究了影响这种转变的文化因素，对比翼鸟意象的流变做了民族心理观念上的深究，提供了一种新的视角和观点。

另一个方面是比翼鸟意象原型辨析研究。比翼鸟意象在产生之初弥漫着奇异迷幻的神话气息，且比翼鸟意象初有记载的年代距今太过久远，人类的思维方式和对世界的认知程度都变化匪浅，参考文献也相对匮乏，对其最初的面貌恐难以还原，但并不代表在这一领域不可施为。学者们对比翼鸟意象原型的探讨存在分歧：一些学者认为比翼鸟并非实有，乃先民立象取意之作，代表作如尹荣方（2003）的《神话求原》；另一些学者认为比翼鸟这一形象并非凭空出现，必有其生物原型，并尝试探究比翼鸟与某种生物之间的关系，如张俊范（1983）根据古书记载，从生物学角度分析比翼鸟极有可能是今四川地区的长尾山椒鸟。

以上诸学者对比翼鸟研究做出了有益的探索，拓宽了比翼鸟研究的视角和方法，对笔者多有启发，但总体来说，比翼鸟研究犹显粗浅，余地甚多，今且略述己见，犹待后人深论。

比翼鸟意象的原始内涵及其流变

《山海经》所记载的各色奇物异兽中，有诸多动物都被视为可以带来吉凶之事的神兽，比翼鸟亦在此列。《山海经》中的比翼鸟是"见则天下大水"的咎之鸟，本为凶兽，但今之面貌与其相去甚远，显而易见，比翼鸟在其流传的过程中发生了较大的变化。这种转变是双重性的，比翼鸟意象在色彩义与比喻义上都有着相对明晰的发展线索：就情感色彩来说，比翼鸟从带来灾祸的凶兽演化成为盛世清明的祥瑞；象征意义上，比翼鸟意象由富含亲情、友情、夫妇之情多种寓意逐渐固化成为单一的爱情喻体，其表示亲情、友情的意义相对淡化了。

《山海经》中对比翼鸟的记载表现出明显的神话思维和神异色彩。彼时先民们对自然的认识尚显幼稚，对各种神灵、奇花异草和玄怪鸟兽的描述都带着崇拜或敬畏的心理，对种种具有超自然力量的生物的存在深信不疑。比翼鸟在各类典籍之中往往作为一种高不可侵的神鸟，对其外观习性也多有细节描述。但汉代以来，比翼鸟逐渐进入文学世界，屡屡见于诗词之中，作为表情达意之象,本体地位逐渐丧失,呼风唤雨的神鸟逐渐成为一种文学符号。时至今日,提起比翼鸟,人们往往最先想到的是它的文学喻义,对其外观形体、习性能力认识模糊,因此探究比翼鸟的原初面貌及其演变历程,有助于重塑比翼鸟的本位价值和探究这一形象的文化内涵。

(一)比翼鸟意象的起源与转变

对于比翼鸟这一意象,《山海经》《尔雅》《管子》《逸周书》等书中皆有所提及。由于各书之体例性质、成书年代不同,故对比翼鸟的记载也并不完全一致。成书年代上,上述各书的时间先后难以断定,但就内容上来说,只有《山海经》中的比翼鸟意象具有浓厚的负面色彩,是具有神力的凶咎之鸟,带有明显的原始神话思维的特点。而《尔雅》等其他文献中的比翼鸟意象则较为接近,作为异兽祥瑞而存在,且为后世所沿袭。按照事物的发展规律,如果比翼鸟最初是被作为祥瑞记载于各类典籍之中,那么《山海经》中将比翼鸟视为凶兽的记载无疑是孤立且突兀的。因此,笔者认为,《山海经》中对比翼鸟的记载应早于其他书,比翼鸟产生之初乃是凶兽,而在后世接受过程中逐渐转变成了祥瑞。

关于《山海经》的成书年代,《山海经》载刘向《上〈山海经〉表》云:"《山海经》者,出于唐虞之际……禹别九州,任土作贡,而益等类物善恶,著《山海经》。皆圣贤之遗事,古文之著明者也。其事质明有信。"表乃是古代向帝王陈情言事的文体,刘向在表中绝不会信口雌黄,但其观点有待分辨,《山海经》成书的问题也一直论争不休。袁珂(1982)认为,《大荒经》四篇和《海内经》一篇成书最早,大约在战国初年或中期;《五藏山经》和《海外经》四篇稍迟,是战国中期以后的作品;《海内经》四篇最迟,当成于汉代初年。《山海经》中有关比翼鸟意象的记载见于《西山经》《海外南经》和《大荒西经》,按照袁珂的观点,比翼鸟意象的记载最早当在战国初期至中期。笔者认为,《山海经》虽在战国至汉初成书,但其所载内容并非全部产生于这一时期,刘向所说唐虞之际绝非臆断,《山海经》应是战国之际开始对此前已有的许多内容整理增添而成书。《山海经》成书非一时一人之功已是学界的共识,正如吕子方(1984)所言:"后人所增添的是比较系统、完整,比较致密、文雅的东西。而书中那些比较粗陋艰懂和闳诞奇怪的东西,正是保留下来的原始社会的记录,正是精华所在,并非后人窜入。"总而言之,比翼鸟意象应在先秦已经产生,甚至可能在《山海经》成书之前已有传说。探究其起源及原始形象,还须从《山海经》中探微究查。

所谓征兆,即人类通过自己的观察认知,将相继出现的两个事物联系起来,并认为先出现的事物的现象形式,与后一事物的出现有着关联甚至因果关系。根据马克思主义唯物辩证法的观点,世界上一切事物都处于普遍联系之中。不可否认的是,在变化无穷的客观世界中,确有征兆现象的存在。但自然界中除了必然现象,更多地充斥着偶然现象,而古人困于思维和条件的局限,对自然界的认识仅仅出于对各种现象的简单观察,往往对这些偶然现象难以分辨,也就不免鱼龙混杂、似是而非。

《山海经》中记载了各类神灵精怪、奇人异象,在今天看来颇有怪诞之处,但正反映出早期先民对自然认知的稚拙和朴素的"万物有灵"观念。在这种思维方式和认知观念的支配下,《山海经》保存了许多今天看来令人颇为费解的征兆信仰,比翼鸟即是一个代表。

《山海经》中对比翼鸟的记载共计三处。《西山经》中记载了一种名为"蛮蛮"的鸟:"西次三经之首,曰崇吾之山……有鸟焉,其状如凫,而一翼一目,相得乃飞,名曰蛮蛮,见则天下大水。"郭璞注云:"比翼鸟也,色青赤,不比不能飞,尔雅作鹣鹣鸟也。"郭璞、袁珂等人在《山海经》注中较为一致地认为"蛮蛮"即比翼鸟,其形状习性的描述基本符合比翼鸟的特点,故而基本可以断定"蛮蛮"即为比翼鸟。

《海外南经》中对比翼鸟的描述多了色彩一项:"比翼鸟在其东,其为鸟青、赤,两鸟比翼。"这里明确提到了比翼鸟颜色为一青一赤,两鸟比翼相生的特点与郭璞注解中的描述较为一致。

《大荒经》内容较为散乱,且多错位遗佚,其成书也多有疑义,郝懿行(1980)《山海经》注疏云:"又此下诸篇,大抵本之海外内诸经而加以诠释,文多凌杂,漫无统纪,盖本诸家记录,非一手之所成也。"因其散乱无序,《大荒西经》中对比翼鸟仅提及:"有巫山者。有壑山者。有金门之山,有人名曰黄姖之尸。有比翼之鸟。有白鸟青翼,黄尾,玄喙。"王桃珠(2020)认为此条记载中"有白鸟青翼,黄尾,玄喙"是对比翼鸟色彩之描绘,当为误读,此处仅提及有比翼之鸟,并未对其进行任何描述,白鸟当为另一种鸟。《大荒西经》脱落较多,仅从此处便不难读出其内容上的断续残缺,巫山、壑山、比翼鸟词条之简略应是遗失之故。

将《山海经》中对比翼鸟的描述综合起来,可以提炼出比翼鸟的基本特性:其一,比翼鸟两鸟共生,色彩上一青一赤;其二,比翼鸟外观与野鸭相近,各有一翼一目;其三,比翼鸟的出现会带来洪涝灾害。此时的文献记载中比翼鸟仍是具象化的,在先民的认知中是确有存在的,并且与自然灾害联系起来,成为洪水到来前的征兆,是一种不祥之鸟。

古人为何会将比翼鸟与大水联系起来呢?上古时期人们所建立起的征兆信仰充满偶然性,先民们对自然现象的认识也存在许多误解,笔者认为,比翼鸟成为大水的征兆或许与上古先民对动物习性的误解有关系。比翼鸟作为鸟类,能够感知气象,至今民间还有"燕子低飞蛇过道,大雨不久就来到"的谚语流传。比翼鸟低飞从人们面前经过,之后便天降大雨引发水患,那么在先民眼中,比翼鸟就成了"见则天下大水"的不祥之鸟了。将动物习性误认为其拥有神力多有例证,如鸡鸣与日出的关系在先民看来就是鸡有主管太阳的神力。叶舒宪(1992)称:"神话思维把鸡同太阳东出、光明到来解释为必然的因果关系,这种关系最明确地体现在'阳鸟'这一名称上。鸡这种普普通通的家禽能在各地民俗中成为辟邪的神鸟,成为黑暗和鬼魅的克星,同它在创世神话中的时空象征意蕴是分不开的。"但与鸡鸣日出不同,鸟类对气象的感知能力并不是如此稳定,如同我们并不是只在雨天才会见到燕子,比翼鸟也并非每次出现都是因为大雨,故而比翼鸟的这种"神力"也就不具有稳固性,这也为后世流传过程中比翼鸟逐渐丧失这种"神力"而被赋予其他内涵埋下了因由。

(二)凶咎之鸟向祥瑞的转变

比翼鸟作为自然灾害之征兆的地位是并不稳固的。在可见的文献中,只有《山海经》中所记载的比翼鸟背负着浓厚的凶咎色彩,而见于其他文献的比翼鸟的负面色彩是不断弱化的。秦汉之际,比翼鸟已经明确成为四海太平,盛世昌明才会出现的祥瑞。

《尔雅·释地》中记载:"东方有比目之鱼焉,不比不行,其名谓之鲽;南方有比翼鸟焉,不比不飞,其名谓之鹣鹣。西方有比肩兽焉,与邛邛岠虚比,为邛邛岠虚啮甘草,即有难,邛邛岠虚负而走,其名谓之蹶。北方有比肩民焉,迭食而迭望。中有枳首蛇焉。此四方中国之异气也。"《尔雅》乃是训释名物之辞书,其将比翼鸟与比目鱼、比肩兽、比肩民和枳首蛇并列为四方中国之异气。它们共同的特点就是两两比附相生,比翼鸟在这里不再是会招致天下大水的恶鸟,而仅仅与另外四类一样因其奇异的特性成为四方中国之异物,情感色彩已经发生了转变。

这种转变在《管子》一书中体现得更为明显。《管子·封禅》记载管仲劝谏齐桓公封禅曰:"古之封禅,鄗上之黍,北里之禾,所以为盛;江淮之间,一茅三脊,所以为藉也;东海致比目之鱼,西海致比翼之鸟,然后物有不召而自至者十有五焉。今凤凰麒麟不来,嘉谷不生,而蓬蒿藜莠茂,鸱枭数至,而欲封禅,毋乃不可乎?"古之封禅乃是君主祭祀天地的庄重典礼,此处管仲将比翼鸟与比目鱼、凤凰、麒麟并举,以祥瑞未至来劝谏齐桓公封禅之机尚未到来。比翼鸟在这里已经成为可以象征封禅开展与否的祥瑞之鸟,被赋予了政治性的喻指。

从《山海经》中象征灾害的凶咎之鸟,到《尔雅》中的珍禽异兽,再到《管子》中象征治世清平、可行封禅典礼的祥瑞,比翼鸟发生了脱胎换骨的变化,所承担的功能和蕴含的情感色彩也截然不同。

比翼鸟的祥瑞化过程并不止于此。根据已出土的汉代画像砖,汉代时期比翼鸟形象与凤凰趋于混同,比翼鸟承担了凤凰昭示王者有德和天下太平的功能。唐光孝(2006)根据目前可确认的七例比翼鸟造型的汉画像砖出土文物,对照文献中对凤凰和比翼鸟形象的记载,考定了汉代比翼鸟是凤凰合体形象。汉代,董仲舒提出的"天人合一"思想对政治文化影响颇深,帝王为彰显自己"君权神授",渴望各种祥瑞的出现。为了满足这种需求,比翼鸟的祥瑞化更加顺理成章了。

两汉以后,比翼鸟作为祥瑞的地位稳固下来,此后的记载中,比翼鸟都是以祥瑞的面貌出现。如西晋时期,张华(1980)《博物志·异鸟》记载:"崇丘山有鸟,一足一翼一目,相得乃飞,名曰虻,见则吉良,乘之寿千岁。""虻"即"蛮蛮"之音转,这里强调比翼鸟的出现象征着吉良,比翼鸟还被赋予了可以使人长生的功能。

东晋王嘉(1981)的《拾遗记》中记载:"(周成王)六年,燃丘之国献比翼鸟,雌雄各一……比翼鸟多力,状如鹊,衔南海之丹泥,巢昆岑之玄木,遇圣则来翔集,以表周公辅圣之祥异也。"《拾遗记》是记录中国古代神话灵怪的小说集,刘勰(1958)在《文心雕龙》中称其"事丰奇伟,辞富膏腴,无益经典,而有助文章"。该书对古之神话多加渲染,诞漫侈谈,此处所写周成王六年之事未必属实,但王嘉在其中用比翼鸟来表示周公的贤德圣明,亦是取比翼鸟象征圣德和清明的祥瑞之意。此外,值得注意的是,此前的文献只言两鸟比翼,并未规定是一雌一雄,《拾遗记》首次提到了比翼鸟为雌雄各一,加深了比翼鸟与男女情爱的联系。

其后,南朝梁代沈约(1974)的《宋书·符瑞志》云:"比翼鸟,王者德及高远则至。"比翼鸟的政治喻指进一步得到了强化。

综上而言,秦汉之际是比翼鸟祥瑞之义固定下来的重要时期,比翼鸟由带有蒙昧色彩的神话异兽转向象征王德的吉祥嘉瑞,神权色彩被削弱,王权色彩得到了加强,由自然之物转向政治符瑞,理性色彩更加浓厚。

(三)比翼鸟意象内涵转变的文化心理

比翼鸟的意象内涵最重要的一个转折就是从体咎之鸟转向吉祥嘉瑞,这是比翼鸟的性质和意义发生的根本性转变,此后被赋予的各种政治意义和文学内涵都是建立在比翼鸟脱离了不祥意义的基础之上的。因此我们有必要探讨比翼鸟之性质发生如此根本性变化的原因,以此厘清比翼鸟转变所蕴含的文化因素及民族心理,增进对民族文化的认识和理解。

《山海经》中比翼鸟形象的诞生及其征兆意义,带有明显的上古先民尚未开化、思维和认识上蒙昧混沌的特点。按照日常经验,《山海经》中所记载的能够引发大水,各有一翼一目的比翼鸟在生物学上是不可能存在的,是先民对生物现象的一种误解。比翼鸟产生之初具有明显的神话思维和浓厚的想象色彩。但随着周王朝安定统一的政治环境的建立和国家文化、理性思维的发展,比翼鸟也受到政治文化的影响,神权色彩减弱,王权象征意义逐渐凸显。其中,对比翼鸟内涵转变影响较为突出的就是周王朝以来的和合文化。

"和合"一词最早见于我国春秋时期。《国语·郑语》中"商契能和合五教,以保于百姓者也"最早明确使用了"和合"一词。但"和"与"合"二字的使用要远早于春秋时期,甲骨文中已有二字的字形,周王朝时期已经十分推崇"和"的文化和审美观念。

"和"最初是指一种乐器,其甲骨文字形像用嘴在吹一种多管乐器。多种乐音相协调即为和,时至今日我们仍用和声表示声音的和谐。先秦时期具有明显的崇拜"和"文化的痕迹,并以"和"为最高的审美境界。如《尚书·尧典》中记载:"帝曰:夔!命女典乐,教胄子。直而温,宽而栗,刚而无虐,简而无傲。诗言志,歌永言,声依永,律和声。八音克谐,无相夺伦,神人以和。"

尧命夔教授子弟音乐,标准是正直而温和、宽宏而庄严、刚毅而不严苛、简易而不傲慢,八音各遵次序,到达和谐,这样的音乐才能使神明与人交流而趋于和谐。周王朝大一统王权政治的形成,要求在政治和家国文化上能够协和万邦,在各诸侯国之间建立协同观念,"和"的标准也就从音乐领域延伸至政治、文化、伦理等多个方面。即便春秋战国诸侯割据,周天子式微,但以和为美的文化观念已深入人心,并在后世传之久远。

"合"的甲骨文字形是象器皿闭合之形,从而引申出联合、合作之义。在先秦时期,"和"与"合"不仅可以连用,在词义上也可以互通。《吕氏春秋》:"夫物合而成,离而生",其注曰:"合,和也。"可见,"和"与"合"在古汉语中可以互训,意义相通,"和合"文化之核心即为和谐与协作。

比翼鸟形象不论是从外观上,还是精神上都与和合文化之要求十分契合。比翼鸟两只合二为一,各有一翼一目,其色一青一赤,既有对立相生,又彼此和谐互补。就其精神内涵上说,和合文化本质上是对人与人之间关系的要求,旨在促进国家之间、人民之间协调和睦,比翼鸟不比不飞、共同存亡的命运共同体正与和合文化的精神暗合。比翼鸟形象与周王朝以来所崇尚的和合文化观念的契合,使之逐渐摆脱恶鸟的标签,向着祥瑞转化。

比翼鸟意象的文化与生物渊源

比翼鸟自产生之初,便具有明显的奇异感,比翼鸟的形象很难让人相信它是真实存在的生物。因此历来学者对比翼鸟的观点主要分化为两类:一部分学者认为比翼鸟只是一种表意之象,并无实体;另一部分学者认为比翼鸟当有其生物原型,并尝试对其生物原型进行探究。

在最早记载比翼鸟的《山海经》中,对比翼鸟的描述是煞有其事的,对其形体、色彩、习性皆有介绍,此时的比翼鸟明显不是一个象征符号,况且上古先民思维上的抽象能力尚不具备,凭空想象出一类物象的可能性微乎其微。因此笔者认为,比翼鸟在最初一定是以某种鸟类为原型,而随着后世对比翼鸟的各种附会越来越多,人们不再关心比翼鸟的形体特征,关注更多的是其文化意义,比翼鸟才逐渐成为具有象征意义的表意之象。

(一)比翼鸟与凤凰之文化牵连

凤凰在我国文化中是可以与龙比肩的最具有吉祥意义的神兽之一,也是我国最古老的祥瑞之一,凤凰形象自产生之初便有着象征天下祥和的人文属性。《山海经》中对凤凰已有较为详细的记载,而此时同样出现在《山海经》中的比翼鸟还是会带来灾祸的征咎之鸟,与凤凰所象征的祥和之兆大相径庭。然而,随着历史的发展,二者的文化属性却越来越接近甚至有所重合,两汉时期比翼鸟与凤凰甚至可以混同使用。根据现有的文献记载,凤凰与比翼鸟在外观形体上并不十分接近,绝不至于出现混淆,原本南辕北辙的两个物象之所以能够牵扯到一起,更多的是由于文化上的需求。

在比翼鸟的身上,更多地反映着原始先民蒙昧稚拙的思维状态,体现着"万物有灵"的质朴的自然观。比翼鸟更多出自先民们对无法理解的神秘现象的强行解释,他们意识不到自己的误解,反而其误解更为比翼鸟增添了神性。但《山海经》中出现的凤凰形象,则具有浓厚的人文气息,是人们怀揣着文化信仰和美好愿望的主动虚构。

《山海经·南山经》中记载:"又东五百里,曰丹穴之山,其上多金玉。丹水出焉,而南流注于渤海。有鸟焉,其状如鸡,五采而文,名曰凤凰,首文曰德,翼文曰义,背文曰礼,膺文曰仁,腹文曰信。是鸟也,饮食自然,自歌自舞,见则天下安宁。"根据《南山经》中有关凤凰的这段记载,凤凰身具五色,身上各部位分别有德、义、礼、仁、信的纹饰,且凤凰能够自歌自舞,能够带来天下的安宁稳定。外形上华丽非凡,气质上高贵优雅,凤凰身上几乎具备一切美好的特质,尤其是身上饱含文化寓意的纹饰,分明是先民有意将这些象征人格修养的美好品质附会在凤凰形象上,希望就此创造出一种可供崇拜信仰的图腾,以寄托其愿望和诉求。

凤凰除了自身的神圣华贵之外,另一个重要特点就是与神灵相伴,是能够上通于天的神鸟。《山海经·大荒西经》有云:"西有王母之山、壑山、海山。有沃之国,沃民是处。沃之野,凤鸟之卵是食,甘露是饮。凡其所欲,其味尽存。

爰有甘华、甘柤、白柳、视肉、三雅、璇瑰、瑶碧、白木、琅玕、白丹、青丹,多银铁、鸾鸟自歌、凤鸟自舞,爰有百兽。相羣是处,是谓沃之野。"凤鸟、鸾鸟与西王母相伴,下有沃之国,国内之民食凤卵、饮甘露,百珍具备,百兽相群。凤凰不仅能够给天下带来和平安定,而且所生活的环境也是一个仙境式的存在。所谓"沃之国",其实就是一个理想中的一片祥和、生存无忧的仙境,上有神灵西王母统辖,凤鸟、鸾鸟是相伴的神鸟。也正是因为凤凰与神灵关系如此密切,乃是出身自神灵之境的瑞兽,才具有平定天下的神力。

综合而言,《山海经》中所描述的凤凰,基本就是流传至今的凤凰形象的定型,凤凰的几个特性已经基本具备:身负"五采",自歌自舞,作为道德、人格标准的载体,是能够带来天下和平安定的神鸟祥瑞。

凤凰神圣的地位主要是在周代确立的。殷商时期,对凤凰并没有十分明显的崇拜。单就殷商出土的青铜器来说,马承源(1984)认为:"商代殷墟早期的青铜器纹饰中,我们也看不到以鸟作为主纹,而只有偶尔当作兽面纹两侧的配置……这一情形暗示,鸟纹在当时不能列于最重要的地位。"而到了周代,凤凰的地位发生了较大的变化,周人借凤凰来证明自己受命于天的合理性,也借凤凰来彰显自己的文化,如凤凰身兼五色正与周代崇文尚采、以文采划定等级的观念相合。而比翼鸟从凶咎之鸟向祥瑞的转变也正是从周代开始的,周王朝代商而立国,力求证明自己得到天下的合理性,加上其原有的鸟类崇拜,比翼鸟和凤凰都被借来作为其兴邦建国的祥瑞之兆。

凤凰形象所承载的德行精神也不断辐射到比翼鸟身上,使得比翼鸟也成为彰显王者有德、政治清明的意象。《吕氏春秋·开春论》:"王者厚其德,积众善,而凤凰圣人皆来至也。"凤凰身具德、义、礼、仁、信的纹饰,又有安定天下的神力,因而凤凰的出现象征着王者有德、盛世太平。而《拾遗记》又云:"(周成王)六年,燃丘之国献比翼鸟,雌雄各一……比翼鸟多力,状如鹊,衔南海之丹泥,巢昆岑之玄木,遇圣则来翔集,以表周公辅圣之祥异也。"《山海经》中所记之比翼鸟与南海、昆仑毫无关联,也并无雌雄之分,凤凰才见于昆仑之丘,一雌一雄。《拾遗记》中比翼鸟不仅能够与凤凰一样表征圣人之德行,连形象习性上都已有所混同。

总而言之,比翼鸟形象的不断丰满与凤凰有着极深的渊源,比翼鸟的许多特点和文化内涵实则是从凤凰那里转移而来,凤凰所承担的祥瑞意义和文化特性中的一部分被分担到比翼鸟身上,从而实现了对比翼鸟意象的重塑。

(二)比翼鸟与文翰之生物亲缘

比翼鸟形象并非原始先民凭空想象而产生的,原始时期抽象思维尚不发达,先民们基本不可能脱离实际的生活经验凭空创造,因此比翼鸟必有其生物原型。但由于年代久远、文献稀少、生物进化等,很难明确考证出比翼鸟最初应是什么物种,只能依据现有的条件进行梳理推测。

《山海经》中对比翼鸟的记载位于三处:《西山经》《海外南经》和《大荒西经》。上古时期人们对于方位的感知并没有十分精确,因此大致可以将比翼鸟出现的方位定位到西南方向。又《逸周书·王会解》云:"巴人以比翼鸟。方扬以皇鸟,蜀人以文翰,文翰者,若皋鸡。"此段乃是记述周代朝会之时各地进贡之物品,巴人进贡比翼鸟,蜀地进贡文翰。巴蜀之地正处于我国西南,气候环境也十分接近,因此大致推测产于两地且同为鸟类的比翼鸟与文翰应当有着生物上的亲缘关系。

就比翼鸟与文翰的外观上来说,二者也有着共通之处。《山海经》中提到比翼鸟一青一赤,又有郦道元(2007)《水经注》记载:"时禽异羽,翔集间关,兼比翼鸟,不比不飞,鸟名归飞,鸣声自呼⋯⋯谓此鸟其背青,其腹赤,丹心外露,鸣情未达,终日归飞,飞不十千,路余万里,何由归哉?"与《山海经》所言一青一赤有所不同,《水经注》所记比翼鸟乃是背部青,腹部赤,两书相隔时代久远,认知有所不同,但比翼鸟周身呈青、赤二色则是其共识。《逸周书》中提到文翰若皋鸡,而孔晁注之:"鸟有文采者,皋鸡似凫。"说皋鸡似凫,有文采,比翼鸟与文翰外观皆似凫,且色彩上也较为接近。

张俊范(1983)从自然生物学的角度,结合文献所记载的比翼鸟与文翰的生物特征,对四川已确知的575种鸟进行对比辨析,考证比翼鸟与长尾山椒鸟极为吻合,文翰则当为红腹锦鸡,二者属于同一门,皆生活在我国四川地区,周王朝国都地区较为难得,因而被巴蜀之人作为贡品上贡是可能的。

比翼鸟产生的时代距今太过久远,从生物学上很难断定其与今存的某种物种之间是否有关系,且比翼鸟作为传统文化中的一种意象,其主要意义并不在其生物种属上,经过历代文化的塑造与渲染,已经从生物上的存在转化为文化上的存在,我们承认比翼鸟具有生物原型,但具体为何物或许已无从查知。

比翼鸟意象在后世文学中的运用

先秦至秦汉时期，比翼鸟主要见于典籍之中，其时之人将比翼鸟视为现实存在的生物进行描述，文学性并不强。秦汉以后，封建社会秩序逐渐严整，人们的生活和思维更加趋于理性化，加之距离原始时代渐趋久远，比翼鸟逐渐成为传说中的存在，被赋予各种意义而应用于文学创作之中，文学符号化趋势明显。

在魏晋文学作品中，比翼鸟被用作多种喻指，既可以用来言说手足情深，也可以用来比喻好友之义，还可以用来表示夫妻情笃。这些用法基本取自比翼鸟相依相生、协助共进之特性。比翼鸟喻义的一个转折点是唐代白居易《长恨歌》的出现，白氏通过比翼鸟来言说李杨二人愿超脱世俗的忠贞爱情。家喻户晓的《长恨歌》极大地把比翼鸟与爱情的关联推向世俗化，自此，比翼鸟的爱情寓意最广为接受，其象征亲情友情的含义淡化了，但在文人群体中尚有留用。

（一）比翼鸟之友情亲情的寄托

"比"，许慎（1981）《说文解字》解释曰："密也，二人为从，反从曰比。""比"的甲骨文字形更像二人步调一致，比肩并行。比翼鸟协调共生的特点使之特别适合用来表示两人亲密无间的关系，故而"比翼鸟"这一语词也就在其本义之外，衍生出象征相互扶助、依存并生的隐喻义。

在文学作品中，以鸟类起兴、兴象较为常见，起源可以上溯至《诗经》之中。例如《诗经·小雅·绵蛮》有云："绵蛮黄鸟，止于丘阿。道之云远，我劳如何！"该诗主旨乃是行役之人抱怨旅途劳苦，希望得到体谅周恤，共分三章，每章首句皆以"绵蛮黄鸟"一句起兴。李炳海（2002）考证了"绵蛮"即比翼鸟："绵蛮"与《山海经》中所记载之"蛮蛮"读音十分相近，且"绵""蛮"古字都从"系"。《说文解字》："系，细丝也，象束丝之形，凡系之所属皆从系。"古之从"系"之字皆有连绵、联结义，因此取比翼鸟比翼齐飞的缠绵之象命之曰"蛮蛮"。该诗中"绵蛮"作形容词用，形容黄鸟连绵比翼之态，象征人与人之间的相互帮助,反衬自己羁旅行役之苦。

除此之外,《诗经》中《雄雉》《燕燕》《鸨羽》等篇皆以鸟类起兴,虽未提及比翼鸟,但将鸟类引入文学作品作为抒情言志之素材的传统已经建立起来,为后世所继承并得到了进一步发展。

汉代乐府长诗《焦仲卿妻》就沿袭了《诗经》的这种传统,其诗有云:"两家求合葬,合葬华山傍。东西植松柏,左右种梧桐。枝枝相覆盖,叶叶相交通。中有双飞鸟,自名为鸳鸯。仰头相向鸣,夜夜达五更。"该诗是讲述焦仲卿与刘兰芝夫妇有情而不得白首的爱情悲歌,诗末暗示焦刘二人死后化为鸳鸯鸟,引颈悲鸣,以鸳鸯之鸟象征夫妇二人矢志不渝的相守之义。邓国均(2016)认为诗中所述"松柏""梧桐"与"鸳鸯"的关系,可以看作后世"比翼鸟"与"连理枝"并举的雏形。鸳鸯死生同处的特性确与比翼鸟相似,故而在文学世界中二者的意义和用法都有重合之处。

汉末三国时期,政治混沌黑暗,社会动荡不安,文人士子或在现实之中求索无门、屡屡碰壁,或怨愤政治黑暗,不屑附庸权贵,与小人为伍,转而探求自己的内心世界,投入文学创作之中。这一时期,文人自主创作繁荣,挥洒文墨,任性自然,在这样文思泉涌的背景下,比翼鸟在文学世界中也更加活跃起来。

早期对比翼鸟的记载并没有突出其性别特征,只是言其"一翼一目,不比不飞",因而汉末三国时期对比翼鸟意象的运用范围仍较为宽泛,并没有受到雌雄性质的限制,以比翼鸟来比喻手足之情、朋友之义较为常见。曹植(1988)《释思赋》:"家弟出养族父郎中,伊予以兄弟之爱,心有恋然,作此赋以赠之。彼朋友之离别,犹求思乎白驹。况同生之义绝,重背亲而为疏。乐鸳鸯之同池,羡比翼之共林。亮根异其何戚,痛别干之伤心。"世积离乱,即便是骨肉至亲也不得不分离,虽生为人,却不如鸳鸯、比翼鸟能双栖共生。曹植以此篇赋作来悲慨兄弟离别,重述骨肉亲情,比翼鸟与鸳鸯也就成为曹植抒发感情的载体。

在曹植(1988)另一篇诗作《送应氏(其二)》中,比翼鸟复又成为言说挚友之情的意象:"清时难屡得,嘉会不可常。天地无终极,人命若朝霜。愿得展嬿婉,我友之朔方。亲昵并集送,置酒此河阳。中馈岂独薄?宾饮不尽觞。爱至望苦深,岂不愧中肠?山川阻且远,别促会日长。愿为比翼鸟,施翮起高翔。"社会动荡,人生无常,长久战乱催生了对人生短促、生命脆弱的感怀,又逢好友离别之际,从此山高路远,重会之日遥遥无期,又或许一去便是永别,倒不如化为比翼鸟再无分离,翱翔于广阔天地。此诗中比翼鸟又被用于喻指真切的友情,且暗含向往自由超脱之意。

东晋时期,王嘉《拾遗记》中已有比翼鸟为一雌一雄的记载。比翼鸟已经被赋予了雌雄相伴的特性,推动了比翼鸟意象与男女爱情的联合,此后比翼鸟意象更多地被用于指代爱情,但其表征友情、亲情的用法仍未泯灭,如唐代韦应物(2002)在《寄中书刘舍人》一诗中提道:"云霄路竟别,中年迹暂同。比翼趋丹陛,连骑下南宫。"韦应物以比翼鸟象征自己与刘太真一同为官的友谊;又如朱彝尊(2007)《明诗综》中收录了明代曹寿奴《赠伯姊》一诗:"鱼或比目游,鸟亦比翼随。同功茧作绵,合昏玉为卮。我与子姊妹,愿得不相离。"以比翼相随来表达姐妹之间永不分离的美好愿望和深情厚谊。总而言之,比翼鸟生死并存、绝不分离的特性使它自然而然地与象征人际亲密关系、真挚情感的含义联结起来,具有多重语义。

(二)比翼鸟之理想爱情的喻指

比翼鸟意象被用于比附男女情爱,在魏晋诗歌中已经较为普遍。西晋陆机(1982)的诗歌《拟西北有高楼》原文:"高楼一何峻,迢迢峻而安。绮窗出尘冥,飞陛蹑云端。佳人抚琴瑟,纤手清且闲。芳气随风结,哀响馥若兰。玉容谁能顾,倾城在一弹。伫立望日昃,踟蹰再三叹。不怨伫立久,但愿歌者欢。思驾归鸿羽,比翼双飞翰。"佳人素手弹奏乐章,曲中满是离别思念之哀情,于高楼驻足久立,心中期盼能双双化作比翼之鸟,流露出对美好爱情的期盼。陆机这首诗不脱游子思妇的范畴,但其笔下的比翼鸟有了新的内涵。以往比翼鸟是专有名词,是一种特定的鸟类,陆机诗中却用"比翼双飞翰"一句。《说文解字》:"翰,天鸡也,赤羽。"后世言比翼双飞者,自陆机始。

在对比翼鸟的运用上,唐代白居易(2006)的《长恨歌》最脍炙人口:"七月七日长生殿,夜半无人私语时。在天愿做比翼鸟,在地愿为连理枝。""长恨"是全诗的主题,作者以通俗精练的语言,诗化的形式叙述唐明皇和杨贵妃的爱情悲剧,诗末以比翼鸟与连理枝并举,言说李杨二人的爱情誓言,愿在死后化作比翼之鸟永得相守,理想的结局与现实相对照,悲剧色彩更加浓郁。

死后化而为鸟的爱情母题在我国古典文学中早有端倪,如上文已经提到的长诗《焦仲卿妻》中焦刘夫妇死后化为鸳鸯鸟,此外还有干宝(1979)《搜神记》中所记韩屏夫妇之事,篇末云:"宿昔之间,便有大梓木生于二冢之端,旬日而大盈抱。屈体相就,根交于下,枝错于上。又有鸳鸯,雌雄各一,恒栖树上,晨夕不去,交颈悲鸣,音声感人。"韩凭夫妇生前被宋康王分离,死后还要被葬于两地,故生有梓木将二人之墓连接起来,两人的精魂也化为鸳鸯日夜相伴。察而可见,鸳鸯、比翼鸟等意象用于比拟爱情时,往往带有强烈的悲剧色彩。包括《长恨歌》在内,这类故事往往是男女两情相悦,却因种种外力阻挠而不得如愿,最后以死明志,魂归一处,得以长相厮守。比翼鸟生死相依的蕴意在文学世界中得到发酵,衍生出"化鸟托生"的爱情母题,其象征忠贞爱情的喻义遂逐渐定成一格。

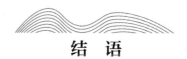

结 语

比翼鸟从《山海经》中的征兆物象脱胎而出,带有早期先民认识蒙昧的神话气息,是一种拥有神力,能够招致天下大水的不祥之鸟。但在后世接受过程中,比翼鸟从《山海经》中的凶咎神鸟到《尔雅》中的珍禽异兽再到《管子》中可象征政治清明的祥瑞,逐渐摆脱其作为征咎之鸟的负面色彩,转化成祥瑞之鸟,其神力也逐渐消退,从神权象征转向王权象征。

比翼鸟由凶到吉的转化,与周王朝和合文化密切相关。比翼鸟不比不飞、生死不离的特性与周代崇尚和谐协作的观念正相符合,且正迎合周王朝以祥瑞之鸟证其王权合乎天命的需求,因而比翼鸟的文化色彩在周代发生了较大的转变,此后比翼鸟在历代都被视为祥瑞之象。比翼鸟意象的转型还受到凤凰文化的影响,分担了凤凰的部分文化内涵和政治功能,比翼鸟意象也因此更加丰满和完整。比翼鸟意象的生物原型几不可考,根据现有文献推测其与文翰当有生物亲缘关系。

随着文学不断发展,比翼鸟从政治、文化意象被纳入文学世界之中,且延伸出多种喻义。汉末三国时期,曹植诗歌中已经用比翼鸟来象征手足之情、挚友之谊,以比翼鸟喻指爱情的用法也较为常见。及至白居易《长恨歌》出,比翼鸟被固化为爱情意象推向大众,在民间广为接受,比翼鸟象征亲情、友情的含义逐渐淡化,在历代文人群体中偶有见用。至今提及,人们仍然会首先想到其爱情喻指。

| 参考文献 |

[1] 白居易.长恨歌 [M]// 白居易.白居易诗集校注.谢思炜,校注.北京:中华书局,2006:944.

[2] 曹植.释思赋 [M]// 曹植.曹植集校注.赵幼文,校注.北京:人民文学出版社,1988:51.

[3] 曹植.送应氏 [M]// 曹植.曹植集校注.赵幼文,校注.北京:人民文学出版社,1988:4.

[4] 邓国均.古典诗歌中的"比翼鸟"意象及其原型 [J].云南大学学报:社会科学版,2016,15(5):54-58.

[5] 干宝.搜神记 [M].汪绍楹,校注.北京:中华书局,1979:142.

[6] 黄雪敏.古典文学"比翼鸟"意象的审美探析 [J].华北电力大学学报:社会科学版,2015,21(2):109-113.

[7] 黄怀信,张懋镕,田旭东.逸周书汇校集注 [M].上海:上海古籍出版社,2007:861-863.

[8] 刘勰.文心雕龙注 [M].范文澜,注.北京:人民文学出版社,1958:29.

[9] 郦道元.水经注校证 [M].陈桥驿,校证.北京:中华书局,2007:839.

[10] 黎翔凤.管子校注 [M].北京:中华书局,2004:953.

[11] 陆机.拟西北有高楼 [M]// 陆机.陆机集.金涛声,点校.北京:中华书局,1982:60.

[12] 李炳海.猗傩、绵蛮的词义辨析——先秦审美风尚琐议 [J].古籍整理研究学刊,2002,18(1):54-58.

[13] 吕子方.读《山海经》杂记 [M]// 吕子方.中国科学技术史论文集(下册).成都:四川人民出版社,1984:3-4.

[14] 马承源.商周青铜器纹饰综述 [M]// 上海博物馆青铜器研究组.商周青铜器纹饰.北京:文物出版社,1984:16.

[15] 乔阳,田书慧.比翼鸟流变考论 [J].赤峰学院学报(汉文哲学社会科学版),2014,35(6):161-162.

[16] 阮元.十三经注疏·尔雅注疏 [M].北京:中华书局,1980:2615.

[17] 阮元.十三经注疏·尚书正义 [M].北京:中华书局,1980:131.

[18] 阮元.十三经注疏·毛诗正义 [M].北京:中华书局,1980:498.

[19] 沈约.宋书 [M].北京:中华书局,1974:812.

[20] 唐光孝.试析汉代比翼鸟是传说中的凤凰合体形象 [M]//郑先兴.中国汉画学会第十届年会论文集.武汉:湖北人民出版社:2006:107.

[21] 韦应物.寄中书刘舍人 [M]//孙望.韦应物诗集系年校笺.北京:中华书局,2002:281.

[22] 王嘉.拾遗记 [M].萧琦,录.北京:中华书局,1981:51.

[23] 王桃珠.比翼鸟意象流变之研究 [D].桂林:广西师范大学,2020.

[24] 许慎.说文解字注 [M].段玉,裁注.上海:上海古籍出版社,1981:138.

[25] 许维遹.吕氏春秋集释 [M].北京:中华书局,2009:276+581.

[26] 袁珂.山海经校注 [M].上海:上海古籍出版社,1980:16-477.

[27] 袁珂.神话论文集 [M].上海:上海古籍出版社,1982:2.

[28] 叶舒宪.中国神话哲学 [M].北京:中国社会科学出版社,1992:266.

[29] 尹荣方.神话求原 [M].上海:上海古籍出版社,2003.

[30] 张华.博物志校证 [M].范宁,校证.北京:中华书局,1980:37.

[31] 朱彝尊.明诗综 [M].北京:中华书局,2007:4198.

[32] 左丘明.国语 [M].韦昭,注.上海:上海古籍出版社,2015:21.

[33] 张俊范.比翼鸟和文翰 [J].四川动物,1983,3(2):32-33.

| 作者简介 |

周梅,山东大学儒学高等研究院研究生,研究方向为中国古代文学。

简而当理 灵而出新

——李德裕文章理论刍议

李若君

摘　要: 李德裕在为晚唐政治中兴作出卓越贡献的同时,亦在文学上获得了一定的成就,其文学见解在当时可自成一家。他的文章理论在唯美主义、反功利主义文学思潮复兴的趋势下,表现出具有务实特点的功利主义文学思想倾向。李德裕主张行文务去雕琢、言简意赅,要求运笔有自然生发的灵气,常写常新、不落窠臼的文章理论独树一帜于晚唐,彰显了文学应有的思想价值,映现了文学本真的人文情怀。

关键词: 李德裕;文章理论;言简意赅;灵气;光景常新

元和以后,唐宪宗为解决吏治腐败、集权削弱、财政困难等问题,励精图治,寻求变革。然而大和九年(835)甘露之变血溅长安的惨痛教训,使得昔日曾经盼望以改革求中兴的文人士子们再无勇气对此抱有任何幻想,消极感伤的抑郁情绪不断弥漫开来。诚如胡可先(2007)所说:"甘露之变后的晚唐文人,对于变幻莫测的政治风云深感忧虑,中唐时期那种积极用世、改革社会的革新精神,被全身远祸、冷眼旁观的漠然心态所代替。"加之藩镇割据、宦官擅权、党锢之祸已然成为唐王朝足可致命的顽疾,唐王朝的社会环境失却了相对稳定的平衡状态,文学因之失去了开放繁荣的文化土壤。许多文人生存于这种背景下,对社会的种种颓势产生了逃避心理,开始自我麻醉,纵情逸乐,声色犬马,"言情"逐渐压倒"言志"。随着社会环境的变化,古文运动渐趋衰微。韩愈、柳宗元等人,学识渊广深博,广纳百家之言,提出"文以载道"等儒学色彩浓厚且有用于世的理论主张,然而后学之人却在师法他们时缺少一定大家风范,刻意求新求奇,使古文走向了晦涩艰僻的道路。加之佛、道二教之焰此时远胜于儒学,古文走向衰落确有其必然性。在唐代科举考试中,多数情况之下呈现出重诗赋而轻对策、重文章技巧而不重视文章内容的倾向,"文章"又以骈体为重中之重。国家之公文也以重视文章技巧、辞采华美典雅的骈文为正宗,这为骈文的传习提供了良好的发展环境。凡此种种,都证明着带有唯美倾向的反功利主义文学思潮的复归。正当其时,李德裕的文学思想却在骈体文复兴的趋势下呈现出与文学发展大势截然不同的风貌。尽管晚唐骈文是继六朝之后骈文发展史上的又一个高峰,然而李德裕认识到,对于社会积弊甚重、多重社会矛盾相互作用的晚唐社会而言,以纯粹的唯美主义与形式主义去替代作品中所应具有的人文情怀与思想价值,文学将会失去其原本具备的存在意义。他以文章为纽带反映现实、教化民心、定国安邦、济世安民,以其具有务实倾向的功利主义文学思想代替当时流行的具有唯美倾向的反功利主义文学思潮。在《文章论》一文中,李德裕从理论的高度就其文章观念进行了专门讨论,其中,摒弃华美典丽的写作风气与雕琢板固的文章技巧,抛却声律对文章创作的重重枷锁与限制,要求文章言辞简省、含义深远,讲求文章写作的灵气,学于古而不拘泥于古、常写常新的理论主张与其文学实践形成了良好的互动关系。

力去雕琢　言简意赅

唐代进士试诗赋文章,其中"文章"即以骈体写就。胡明波(2013)曾提出:"骈体公文是中国古代公文写作领域特有的一种文体。"在唐朝为官,公文通常使用骈体,唐代文人因此特别重视对骈体的研习。但是华赡典雅的公文经过百年发展,在一定程度上也出现了徒增藻饰、内容空洞贫瘠、影响实际政令传达与执行等弊端。李德裕(2018)旗帜鲜明地提出"琢刻藻绘,弥不足贵"的观点,认为文章创作的动机应该是"惚恍而来，不思而至"的灵感，最宝贵的品质是"灵气"，在架构上强调"淡而无味"，文章写成后就如同气质天成的璞玉，若以精美之物饰之，便不可再称为"良宝"了。由此可见，李德裕对于作文产生的雕琢之弊持有批评态度。这在他的其他作品中也有所体现。在《奏银妆具状》中，李德裕（2018）有言："昨奉五月二十三日诏书，令访茅山真隐，将欲师处谦守约之道，敦务实去华之美。"创作《斑竹管赋》时，李德裕（2018）提道："念楚人之所赋，实周诗之变风。昔汉代方侈，增其炳焕。缀明玑以为柙，饰文犀以为玩。徒有贵于繁华，竟何资于藻翰？"在议论朝廷礼法时，李德裕（2018）上言："……不得自为意见，言涉浮华。"在论及"上官体"时，李德裕（2018）云其"诗多浮艳""实为正人所病"。基于以上言论，我们有理由认为，李德裕正是看到骈文发展到晚唐所产生的诸多蠹弊，才对于浮靡的文学风气不甚认可，并且在骈文复兴的大趋势下坚持简而当理的创作原则。综观李德裕现存文章，申说军国大业、阐明政治见解的文章颇能彰显其创作主张。这是因为，此类文章需要以多重论据反复申明事理，以增强文章的说服力，若是以对偶、声律及藻绘为规约，则必定会给表达增加重重限制，难以直陈其意。李德裕正是认识到这一点，因此在于措辞方面相对简省，较为通俗。

在任用将领时，李德裕往往能使短小的章句精准地命中每一个要点。如《授李丕晋州刺史充冀氏行营攻讨使制》，文曰："敕：晋谋元帅，必有佐军；汉制出师，皆立副贰，所以重戎事而肃王命也。李丕颇有大虑，常好奇功，自为攻拒之书，尤邃揣摩之术。淬其智刃，研未兆之机；森其礼干，得备严之称。暨蝉蜕丹水，鹏搏赤霄，未及岁期，累见诚节。今以玉璧重地，汾河要津，俾换珪符，用佐樽俎。庶乎易行而诱，成苗贲之为；不胄而驱，效叶公之入。勉于荡寇，副我知臣。可。"制敕文书的撰写通常有一定格式惯例。宋代王楙（1987）曾在《野客丛书（卷三〇）》提到白居易任翰林学士时所撰《白朴》一书，其文有云："仆读元微之诗，有曰。白朴流传用转新。注云。乐天于翰林中。专取书诏批答词。撰为矜式。禁中号为'白朴'。每新入学。求访宝重过于六典。检唐艺文志及崇文总目无闻。每访此书不获。适有以一编求售。号曰制朴。开帙览之。即微之所谓白朴者是也。为卷上中下三。上卷文武阶勋等。中卷制头、制肩、制腹、制腰、制尾。下卷将相刺史节度之类。此盖乐天取当时制文编类。以规后学者。"通过这段记载，我们发现，白居易将制诰文的结构分为制头、制肩、制腹、制腰、制尾五部分，从王楙（1987）所言"取当时制文编类，以规后学者"一句可见，这并不是白居易对自己所作制诰文的特殊称谓，而是对当时制诰文书加以研析得出的结论。朱红霞（2017）经过研究，认为制头、制腹、制尾是一篇制诰文的必备部分，而制肩和制腰则为可备部分。回头来看李德裕（2018）《授李丕晋州刺史充冀氏行营攻讨使制》，此文以"晋谋元帅，必有佐军""汉制出师，皆立副贰"为制头。以旧朝旧例点明"重戎事而肃王命"的重要性，李丕之所以被任命为晋州刺史是因为朝廷看中他能够"肃王命"的品质。制腹部分"以玉璧重地，汾河要津，俾换珪符，用佐樽俎"主要是对李丕过去的表现进行赞赏并出于对李丕能力、作为与品质的认可而对其委以大任。通过重重叙述，在制尾对李丕发出"勉于荡寇，副我知臣"的庄重期许。全文以短短一百三十一字的篇幅，将制文的三大部分紧密结合起来，并且条分缕析地全部叙述清楚，明白如话、通俗易懂，可见李德裕行文用语之简约细致。

再如《赐思忠诏书》，文曰："吕卫等至，知卿与可汗不能戢下，颇扰边疆，既告谕不悛，须兵势驱逐。卿忠诚奋发，愿立奇功，请退浑、沙陀等部落合势及战马器甲等，并已允卿所奏，各有别敕处分。今令左卫将军何清朝、蔚州刺史契苾通分领蕃浑部落，取卿指挥。朕已切戒何清朝等，令其协尽心力，副卿忠诚，进取之时，一切取卿方略。卿宜每事与弘顺等商量，审度事机，勿为轻进。但得可汗抽退，不敢稽留，塞上安宁，即是卿之勋力。必不可落其奸计，以损国威。兼令高品骆遂泰权监行营将士，卿与之筹虑，续续奏闻。"制头分析了当下局势，制订了解决方案，制肩又有"忠诚奋发""愿立奇功"等语激赏之。在表明朝廷对待李思忠这一降将的信任之后，制腹进一步放兵权，不但"取卿指挥"，并且"令其协尽心力，副卿忠诚，进取之时，一切取卿方略"。虽云信任，但是唐朝廷待其仍有疑虑，因此制腰又嘱托李思忠"审度事机，勿为轻进"，在叮咛之时又不忘记反复申说，若是"塞上安宁，即是卿之勋力"，许以嘉奖，在增强其用兵信念的同时以"必不可落其奸计，以损国威"为其增添一份压力与紧迫感。此文张弛有度、收放自如，能在短小的篇幅内涵盖多重信息，恩威并用，使得受诏者不免神色一肃，研精覃思。

在授官制文上，李德裕也常常在遵守制文格式规范的基础上尽可能地精简词汇，力求通达。如《授元晦谏议大夫制》曰："敕：昔汲黯薄淮阳守，愿出入禁闼，补过拾遗。则谏诤之任，实资谅直；求其比，今得正人。吏部郎中元晦，往在内廷,尝感先顾,奋发忠恳,不私形骸,俯伏青蒲,至于雪涕。数共工之罪,不蔽尧聪;辨垣平之诈,益彰文德。近因旌别邪正,宰弼上言,以鲁公藏罟,莫如置革于左右;汉后辑槛,孰若列游于公卿?是用命尔,登于文陛。尔其副我宠擢,不替初心,勿沽小名,以枉大节;勉服官业,期于有终。可谏议大夫。"制头部分在简要叙述汲黯"愿出入禁闼,补过拾遗"的基础上,引出制肩部分提出的主题——谏诤大任难有人能担起,而今却"得正人",直白地赞美杜元晦。制腹在论述了杜元晦的"奋发忠恳""不私形骸"等功绩品行后,制腰阐明当今朝廷对直言进谏的臣子的需求与渴望,制尾以"尔其副我宠擢,不替初心,勿沽小名,以枉大节,勉服官业,期于有终"作结,与制腰一同表达了对于杜元晦在谏议大夫任上的期望。每一部分都用字俭省,却又能够切中肯綮。另外,《授郑朗等左谏议大夫制》也是非常典型的一例,其文曰:"敕:予欲左右前后,皆得正人,朝夕交戒,儆予之阙,所以分左右而备箴谏也。思见大儒骨鲠,白首耆艾,议论通古今,喟然动众心,所以增其秩而厚其禄。朝散大夫、守谏议大夫、兼弘文馆学士、上柱国郑朗等,皆以贞正守道,列于左掖,从容讽谏,每竭嘉猷。况朗、璜近因陛见,乃能廷争,执以言责,本于忠诚。昔峻岅乘危,爰丝揽辔;期门近出,次况当车。增主之明,二臣之力。我求端士,用继前良,期尔尽规,致予无过。拾遗左右,汲黯之愿已谐;禄赐愈多,贡禹之诚当励。勉思厥职,无忝优思。可。"首先以设置谏议大夫的意义开篇,从总体上解释题旨,显得格局十分开阔。在叙述郑朗等人履历之时,制腹抓住了与谏议大夫一职相关的"贞正守道""从容讽谏""执以言责,本于忠诚"等众人优长,以说明郑朗等人与谏议大夫这一官职的适配性。制腰又以"我求端士,用继前良,期尔尽规,致予无过"荡开一笔,作为对前文的延伸以及下文之引语。值得讨论的是,此文"拾遗左右,汲黯之愿已谐;禄赐愈多,贡禹之诚当励"两句采用了骈句的形式,其对仗之整饬、用典之娴熟,究竟能否被称为"简"呢?笔者认为,判断李德裕之文是否"简",首先要从文章整体结构出发,而非将某一句子单独摘离去分析。从文章总体而言,此文言简义丰,实在谈不上夸饰浮靡。其次,判断李德裕文章是否精省妥帖的标准不应当看其是否使用骈俪之语抑或用典是否频繁,而是要看该句于文章内涵之填充上是否有助益。用汲黯、贡禹之典故,意在申明作为谏议大夫应当时刻"勉思厥职,无忝优思"的重要性,两相结合,方能构成李德裕所要表达的完整之意,不可简省。反言之,若是文字节略至极,却令人不知所云,同样不能认为其"简"。最后,李德裕于此处使用骈句与典故,正是为了精简词句做出的努力。若采用散体句式加以解释,反而累赘。也即,若用散体反而使得文章言语更为烦琐时,对仗精工的骈体也未必不在"简"的考量之限。

此外,于布置战略战术而言,言简意赅最为有利。一方面可以照顾到带兵将领与在朝臣子之间的文化水平差异,另一方面兵贵神速,命令简短有效,可以极大程度地提升任务的执行能力。如,《赐李石诏意》曰:"访闻近日贼中,转更穷蹙,自相杀戮,人心不安,即目军权,多在郭谊。因此诱动,必应事机。李丕是郭谊密亲,尤合相信。卿宜暂追赴使,令与郭谊书,谕以利害,遣其自图刘稹,早务归降。倘效诚款,必重酬赏。卿宜面看李丕手疏,兼令便自封题,分付王逢,遣密作计召军人百姓,送入泽潞。其书草,卿宜封进。"《资治通鉴(卷二七四)》《唐纪》记载会昌三年(843)十二月刘稹诱其大将薛茂卿至潞州,杀之。李德裕(2018)此文作于此事之后,因有"访闻近日贼中,转更穷蹙,自相杀戮,人心不安"之语。这四句话既点明了当时之局势,分析了敌中之军况,又引出了本文所论的另一重要人物——郭谊。针对刘稹一众对国家中央权力的挑战,李德裕持攻讨态度。然而,刘稹"乳臭骏童,未有所识。皆是郭谊、王协,幸其昏弱,矫托军情……"李德裕由此认为刘稹之乱,关键在于郭谊等人。在此文中,李德裕(2018)共交代了李丕两个十分重要且关键的任务:其一,因"李丕是郭谊密亲,尤合相信",因此须使李丕与郭谊通书信,告诫其反叛之严重后果以及其与刘稹投降所能获得的酬赏。其二,李石应当亲眼验证李丕之手疏,并"遣密作计召军人百姓,送入泽潞",确保书信送至郭谊手中万无一失。两个任务分别仅有三十余字,却将任务细节交代得一清二楚,颇易执行。文辞之简洁、条理之清晰、言语之富有逻辑,确有"大手笔"之风范。

刘稹之乱未平,杨弁之戈又起。正值"李石至晋州,诏复还太原"之际,唐武宗与李德裕(2018)论及太原动乱一事,因有《赐张仲武诏意》一文,文云:"昨以李石文吏,不可自赴行营,令在太原应接戎事。缘亲兵在外,城府空虚,杨弁纠合征师,众才一旅,追逐主帅,擅领兵权。寻诏近地行营,量抽兵马,便令剿扑,计日枭夷。缘镇州地接土门,最为便近,已诏元逵出师五千人马,向南诸军声援。顾兹小寇,未足劳卿大军。缘何清朝下横水官健曾经杨弁将领,久与乱军同处,恐其自思家属,因此摇心。宜速与卿本道都头密意动静,与清朝计会,犄角相应。如万一清朝官健禁戢不定,抽归太原,已令把绝雁门,遏其归路,卿便须出军掩袭,勿遣漏失凶徒。每事与清朝商量,务从权便。应机在速,不更待奏闻。"此文主题为讨论太原出兵事宜,以散语出之,要言不烦,明白晓畅。首句以对李石的战略安排引出了对张仲武出兵的部署,可看出李德裕十分善于把握战略局势。他首先分析了杨弁之所以能"追逐主帅,擅领兵权"的主要原因为"亲兵在外,城府空虚",精准地把握了敌方的内部情况。此时唐王朝对待这次动乱的大政方针唯有一十八字,乃是"寻诏近地行营,量抽兵马,便令剿扑,计日枭夷"。空有纲领并不能够在实际作战中打败敌军,因此,李德裕以其独有的战略眼光和军事才能部署了具体的战略措施。第一是根据地缘关系诏王元逵出师;第二是使张仲武的军队与何清朝的军队形成守望相应的掎角之势,以遏敌军之归路。其中夹杂着许多来自李德裕个人的精心考量,诸如使王元逵率先出兵,是因"顾兹小寇,未足劳卿大军",与何清朝掎角相应,是因为其军"久与乱军同处,恐其自思家属,因此摇心"。每一个对于细节的思索都有道理可循,并非无意义的空谈,极短的文字为出兵增添了无微不至的考量,属实不易。纵观此文,要点突出,内容翔实,全用散语,明白如话,展现了李德裕为文擅长简而当理的一面,其文章的深沉思虑、杀伐果绝也体现出其身为政治家的运筹帷幄、决胜千里之心。

出于改革时弊、有用于世的目的,李德裕主动抛却华美琢刻的反功利主义文学外衣,力主以言简意赅、简而当理的创作理论指导文学实践,而又能够根据写作对象的不同关注不同的写作技巧,以适用不同对象的阅读习惯,力图一语中的,通俗易懂。虽然至宣宗即位以后,宴游之风炽盛,使得文学创作向着更加注重英辞丽藻的方向转变,但是李德裕对于当时文学风气变革所做出的努力实属难得,不应被忽视。

自然灵气　光景常新

审视中国古代文学的演进过程,可以发现中国古代文章几乎伴随着骈散的聚合与离散而发展。具体到中晚唐时期而言,当古文运动所倡行的散句单行高潮落幕之后,骈俪精工的文风复归。正如汪洪章(2012)于《Euphuism 与骈体文关于对偶、排比、声韵、节奏的研究》里提及的那样,在人类文学发展史上,一些类似的文体现象虽然或许在形式上以极端的面目出现,但在推动文学后来的发展进程上,诸如促进别体文学的到来,体现文学语言形式的自身演进轨迹等方面,往往具有不可磨灭的贡献。如上文所言,在骈文复兴的趋势下,李德裕以其独特的创作理论指导文学实践,颇有别于当时文坛的整体创作风气。《文章论》云:"江南唯于五言为妙,故休文长于音韵,而谓'灵均以来,此秘未睹',不亦诬人甚矣。古人辞高者,盖以言妙而适情,不取于音韵;意尽而止,成篇不拘于双耦。故篇无定曲,辞寡累句。譬诸音乐,古词如金石琴瑟,尚于至音;今文如丝竹鞞鼓,迫于促节。则知声律之为弊也甚矣。"李德裕(2018)谓,沈约认为自屈原以来无人能揣摩声律之奥妙,因此他将声律论推向了写作的巅峰。然而李德裕却并不认同声律对文章的决定作用。他认为古人言辞高妙者,能借助言语来抒发情感,而篇章不以音韵为写作的模式规范,不以偶对为文章完整之标准。作文如同作乐,古人作文不拘于音韵,写出来的文章如同金石琴瑟之声,能够达到"至音"的高妙程度;近来文章以音韵为着力点,作品却如丝竹乱耳,给人以急躁之感。由此可见李德裕对声律之看法。针对声律给文学创作带来的弊端,李德裕(2018)提出:"世有非文章者,曰辞不出于《风》《雅》,思不越于《离骚》,模写古人,何足贵也。余曰:'譬诸日月,虽终古常见,而光景常新,此所以为灵物也。'余尝为《文箴》,今载于此,曰:'文之为物,自然灵气。惚恍而来,不思而至。杼轴得之,淡而无味。'"李德裕于《文章论》中提出的文章"譬诸日月,虽终古常见,而光景常新,此所以为灵物也",以及引用其所作《文箴》中"文之为物,自然灵气,惚恍而来,不思而至"等语,体现了其提倡灵感与独创,提倡在发展中创新的文学观念。在李德裕看来,《风》《雅》《离骚》对于文人而言就如同日月一般常见,然而在创作中却不能一味仿照,而是需要提炼其中的有益成分,抒发新见解、传递新思想。为文需要自然而然的灵气,需要突然而至的灵感,若是以机械的模式复刻前人作品,抑或作文只为精心琢刻藻绘,这将会失去创作的本意、灵魂与言外之味。下面具体言之。

虽然中国古代文论中对于灵感的阐释方式在一定程度上缺乏系统性,以片段式的描述居多,但其中却贯穿了中国古代作家的写作智慧。早在《诗经》中,我国先人就以"兴"的方式先言他物,以引起所咏之物,由此及彼,引类取譬,以获得更为宽广的情感表达效果。萧统(1987)《文选》载陆机《文赋》中描述文学创作中灵感忽现的场景为"若夫应感之会,通塞之纪,来不可遏,去不可止……"其所论"应感之会"当是灵感突至时来与去都无法阻止的场景。刘勰(1962)在《文心雕龙》中对于作家才思泉涌的状态和创作活动有精到描写:"文之思也,其神远矣。故寂然凝虑,思接千载;悄焉动容,视通万里;吟咏之间,吐纳珠玉之声;眉睫之前,卷舒风云之色;其思理之至乎。故思理为妙,神与物游……夫神思方运,万涂竞萌,规矩虚位,刻镂无形……"通过"寂然凝虑""巧焉动容"的创作前期准备活动,达到"思接千载""视通万里"的创作效果,思绪万千,视野开阔,使得无数可被创作的具象与抽象纷至沓来,这便是灵感对于创作的功用。先辈们将他们在文学创作实践中总结出的触发兴会之感、酝酿内容题材、通达文思等内容凝练为感性中带有理性的创作经验,某些见解或许带有浓重的个人化因素,或多或少地掺杂了唯心主义的神秘色彩,但大多从实践中走来,又复归于指导了文学实践。

相比于循规蹈矩、模拟形迹而言,强调神思,主张天然浑融、熔铸新意等做法,被李德裕看作"灵气"的代表。"惚恍而来,不思而至"的情感迸发更是文学创作的要义所在。在《鼓吹赋》中,李德裕(2018)有感于昔日赴金陵时童子们鼓吹曲艺一道"特妙",而今"再到江南",众人已"并逾弱冠",一时不由得"悲流年之倏忽,忆前欢而凄怆"。赋前小序既是写作缘由,也是其灵感来源。与此类似的还有因怜悯带有翠羽的雄孔雀"死于中途"被遗弃而作的《孔雀尾赋》,因"积薪于庭,窃有所叹"而成的《积薪赋》,因目睹路隋所赠欹器"悽然怀旧"而写就的《欹器赋》等。

然而,灵感虽然是一瞬间的迸发,但却不能完全脱离生活实践与艺术积累。正如王国维(2013)谓治学之三境界:"'昨夜西风凋碧树,独上高楼,望尽天涯路。'此第一境也。'衣带渐宽终不悔,为伊消得人憔悴。'此第二境也。'众里寻他千百度,回头蓦见,那人正在灯火阑珊处。'此第三境也。"借此以说明文艺创作中的灵感问题也非常贴切。当生活中纷繁杂乱的事物有一丝一缕被作家于头脑中捕捉到后,就会在朦胧的无意识中留下一个可供触发的点。只有"独上高楼"才能将众多事物之间的头绪厘清。当作家在恍惚之中得以窥探写作的方向时,创作的冲动与难以一锤定音的纠结之间的矛盾便会使其茫然四顾、"衣带渐宽",只得当思绪积累到一定程度才能在"回头蓦见"之时骤然瞥到"正在灯火阑珊处"的"佳人",这"佳人"即指头脑中的万千思绪突然清明、豁然开朗之时的灵光一现。纵观"三境",可见如若头脑中空空如也,根本无法为"灵感"的出现提供文思条畅的先决条件。因此,"灵感"虽是突然而至的,但也并非无本之木,它根植于日常的生活实践和艺术积累,是必然中的偶然。如李氏《智囊赋》小序即云:"余尝感汉晁错、魏桓范,皆号为智囊,不能全身,竟罹大患。"又云:"余久欲赋之,比属逾纪总戎,愿言不暇。"可见李德裕对晁错、桓范罹难一事早有胸中郁愤,奈何时机不当,无从着笔。大和九年(835)冬,正当李德裕被贬之时,如其所谓"今俟罪江徼,彷徨岁深,筐篋之中,典籍皆阙。聊以所记古今兴败,粗成此赋"。由此,我们可以看到,李德裕初欲下笔,两位"智囊""不能全身"触发了其写作灵感。"久欲赋之""愿言不暇"则表明其对于人生进退早有思量与考虑,但是思绪还不能如流水一般奔涌袭来,没有形成一锤定音的创作冲动。晁、桓二人的结局,使李德裕联想到自己的困境,感慨与愁思两相碰撞,擦出了思想的火花,最终觅得"佳人"。

作为一名刚从政治中枢脱离出来的权臣,李德裕在宦海浮沉的过程中始终处于风口浪尖。位于政治敏感地带的他不得不对人生无常的过往教训时刻保持警惕之心。《智囊赋》虽言为"尝感汉晁错、魏桓范""不能全身,竟罹大患",然而实际上全篇无一字直书晁错、桓范过往之事。晁、桓二人的经历只是李德裕灵感惚恍而来之时借以思索人生境遇以及慨叹人世艰难的引子。全赋贯穿着李德裕自己的人生经验与智慧,熔铸着李德裕为文的灵气与新意。比如,李德裕(2018)认为,人生罹难首先要考虑的并非外界环境,而是自身原因。他说:"夫天之清气为人,而人之清气为智。苟虚心而冲用,必存神而索至。况悟养以保身,岂忧患之能累。"强调人在事件中的主观能动作用和"智"的重要功用。在此基础上,李德裕提出了应当辩证地看待"智"的见解。他嗟叹道:"水济舟以致远,亦覆舟于畏途。智排患以解纷,亦有患于不虞。"对于智慧超群的晁、桓二人,李德裕认为他们是因智慧获得赏识,排解了当时社会许多亟待解决的问题,也是因智慧而遭受戕害,从而丢掉性命。前人的诸般遭遇使李德裕对于"智"之一字有了全新的认识,因此,他借助范蠡之口喟然叹曰:"今吾所谓智者,乘五湖之浩荡,永终老于扁舟。"对于智者的安身立命之法提出自己的见解,语尽意未止,在或悲或叹中给读者留下了一定的感慨空间。纵观此赋,李德裕所要表达的却远不止于感慨两位"智囊"的悲惨结局,结合文宗一朝的党派斗争、李德裕因对文宗"大不敬"而被贬袁州的经历以及甘露之变的始末因果,得见此赋乃是李贽(2009)《焚书》中言及的"夺他人之酒杯,浇自己之垒块",李德裕在深刻反思前人教训的基础上,对于自己的前途与结局感到担忧,也为朝中有识之士的未来感到忧虑。前人的教训与李德裕的警戒之心浑融为一,不分彼此,在沉思抒写之余,融入对"智"的辩证看法,在感性与理性、历史与现实的交汇中为赋作增添了一分情感表现的灵动。

李德裕(2018)写于大中年间的《退身论》与《智囊赋》有异曲同工之妙。历尽千帆,他对于人生进退的思索愈发深刻,《退身论》篇首借老子"功成名遂身退,天之道也"点明自己的灵感来源,阐明功成名就后抽身退离暗流涌动的政治中枢的正确性。文中提到了"图国致霸,动必成功"的文种、李斯、张华、傅亮等"神敏知几,聪明志古"之人,他们曾为国家的兴盛发展作出了巨大的贡献,然而却皆未得善终。联系《智囊赋》李德裕对晁错、桓范结局之悲慨,《退身论》所言的"自谋其身,犹有所恨,况常人哉"也就可以理解了。若说大和九年(835)时李德裕还有东山复起之机,那么大中年间则可谓其日暮穷途,几乎再无翻盘之可能。因此,相较《智囊赋》中提到的近乎形而上的论"智"之道,《退身论》则更多体现出李德裕灵感爆发之一刹的生活经验积累。他感叹道:"天下善人少恶人多,一旦去权,祸机不测⋯⋯迟迟不去者,以延一日之命,庶免终身之祸;亦犹奔马者不可以委辔,乘流者不可以去楫。是以惧祸而不断,未必皆耽禄而患失矣。"结合开成五年(840)李德裕在《平泉山居戒子孙记》中所言的"吾百年后,为权势所夺,则以先人之命,泣而告之",可见他对于古来悲剧命运的相似性早有预判。再参现存李德裕文集,会昌三年(843)四月、会昌四年(844)八月、会昌五年(845)六月,李德裕均奏有让官文书,然唐武宗未允其请。累次尝试,"则知勇退者岂容易哉"?若说《智囊赋》中所谓"乘五湖之浩荡,永终老于扁舟"是为李德裕所设想的洒脱身退的理想状态,则可知他在《退身论》中终于更深刻地明了,"退身"之难,只有"乘扁舟变姓名,浩然五湖之外,不在人间之世"才可以免去这为人嫉妒、贬无可贬的放逐。李德裕在世界观上并不为其政见所束缚,其行文中所表现出的"自然灵气",透露出他对人生社会之认识的深刻与通达。

骈体文学的发展与古文运动的文学实绩让李德裕看到了改造传统辞赋的可能性。因此,李德裕利用主客问答的形式、骈散结合的句式,加之以古文的疏朗风气,创作了韵脚较疏、语言较浅近平易的文赋。《伤年赋》在体现文赋特点的同时,也精准地传达了李德裕要求作文光景常新的见解。赋前采用散句形式,交代了"余兹年五十,久婴陈瘤,楚泽卑湿,杳无归期。恐田园将芜,不遂悬车之适"的创作缘由。此赋以"五十已至,生涯可知。在乐安而犹叹,况形神之支离。伤寿有贾生之痛,招魂无宋玉之词。邈故园之寥远,念归途之未期。顾稚子而凄恻,想田庐而涕洟"之语开篇,以迎合"伤年"的主题。骈散兼用,虽用贾谊《惜誓》、宋玉《招魂》之典叹息年老衰弱,感喟岁月匆匆,然而却非僻典,"伤年"之悲亦可有所感受,此即为李德裕"以我观物,故物皆著我之色彩",借古人之口而抒己之情,以达到其学于古而不拘泥于古、保持光景常新的文思。贾谊、宋玉所伤未必与李德裕所抒之情完全一致,但亦此二人的伤感置于此处,增添了李德裕这种伤感的广泛性,更易引起读者的共鸣,将这种情感的关涉范围扩大化。此文云"伤年",却是意到此处的自然流露,其中"亢必有悔,盈难久持"之语,在伤感之余何尝不是对自己的开解和宽慰?其中"既已觉于今世,岂遑遑于路岐"之语,又何尝不是对自身的鼓励与鞭策?

《伤年赋》末尾处写道"商有山兮逶迤,从园公兮采芝。湘有水兮涟漪,继渔父兮维丝",诸如此类的"兮"字句式,曾在《诗经》以及上古诗歌中多次出现,在屈原辞赋中更为常见。并且,湘水、"渔父"等确为《离骚》当中的意象与人物,可见李德裕对《诗》《骚》的继承。然而正如上文所述,李德裕为文,只是借助前人诗歌辞赋当中对于表达自身情感有益的成分,要使对于文人而言"譬诸日月"的《风》《雅》《骚》焕发生机与活力,使文学创作达到光景常新的状态。因此,其作品中所要表达的深层意蕴还有待玩味琢磨。《白芙蓉赋》小序中言及作赋缘由为白芙蓉之"素萼盈尺""皎如霜雪",前人"未有斯作",可是事实上李德裕当真只为眼前之景而作此赋吗?此赋散句、骈句、骚句并用,交相辉映。以散句交代写作缘起,以骈句铺排抒情,后接以骚句议论感慨,在继承三种体式的基础上使之相互融合,使得文章颇有趣味与新意,在大量铺张文采辞藻的背后,骚句撰成的"歌曰"尤其值得注意。《白芙蓉赋》云:"秋水阔兮秋露浓,盛华落兮叹芙蓉。菖花紫兮君不识,萍实丹兮君不逢。想佳人兮密静处,颜如玉兮无冶容。"连用六个"兮"字句,仿佛在感叹芙蓉的遗恨,实际上又远不止于此。看到白芙蓉,李德裕灵感突至,思维发散到整个唐王朝。开阔奔流的江水正如同偌大的唐王朝,秋天浓重的霜露也正如同云诡波谲、动荡不安的政治局势,芙蓉的衰败好似对盛唐国力不再的感叹与无奈。菖蒲紫极、浮萍红透,却未遇到真心赏玩赞美之人,正如同李德裕此时郁郁不得志的处境。结尾处的"想佳人兮密静处,颜如玉兮无冶容",仿佛借助身处幽静之处、不施粉黛佳人之口诉说胸怀大志的自己还在等待君主的信任与起用,又宛若借此坚定自身矢志不渝、竭诚报国的意志和信念。恰似屈原对于香草意象的使用,白芙蓉的芬芳代表着李德裕高尚的品行。《白芙蓉赋》结尾的"歌曰"继承了楚骚体的形式,然而其中所蕴含的情感却并非一味模仿古人,而是李德裕针对晚唐时局所发,其中饱含的对晚唐王朝大厦将倾的担忧、对自己壮志未酬的遗恨苦闷,都将"光景常新"的创作理论发挥到极致。

在风云变幻的复杂政治形势中,李德裕以其简洁严谨的文章事理应对事机;在骈散文体交替变革的文学发展中,李德裕以其极具灵感新意的文思警醒自我与世人。简而当理、灵而出新的文学思想和创作理论在其文学实践中被运用得十分纯熟。值得一提的是,曾了若(2019)在《隋唐骈散文体变迁概观》中认为,折中古今之文,合其两长之人为最多,这一派人认为折中可保音律之美,便于咏诵,又能切于实用,并举李德裕为这一派的代表,以《文章论》中《文箴》的节选部分为依据,得出了李德裕不以骈偶之句为嫌的结论。然而,从现存李德裕作品中看,其纯骈体的作品只占极少一部分,他更善于使用通俗自然的语言将事理讲得清楚透彻。并且,就其多次指摘骈体声律浮靡之弊一事看,笔者认为将李德裕定义为折中派,似乎不确,仅就《文箴》节选而认定李德裕不以骈文为嫌、愿保音律之美,似乎也有些断章取义了。纵观李德裕《文章论》所论内容,可以看出,李德裕对于文章使用骈体,尤其是完全工于音韵而不讲求意蕴传达的做法是持反对意见的。其注重散体的文学创作倾向表现得极为明显,对于将文字框于特定格式的骈文,认为其"有弊",不足贵。因此,将李德裕作为唐代文章创作的折中派一说,还有待斟酌。

| 参考文献 |

[1] 胡可先. 唐代重大历史事件与文学研究 [M]. 杭州:浙江大学出版社,2007:492.

[2] 胡明波. 中国古代公文中骈体与散体的运用 [J]. 南京师范大学文学院学

报,2013(3):162.

[3] 李德裕.李德裕文集校笺 [M].傅璇琮,周建国,校笺.北京:中华书局,
2018.

[4] 李贽.焚书 [M].北京:中华书局,2009:97.

[5] 刘勰.文心雕龙注 [M].范文澜,注.北京:人民文学出版社,1962:493.

[6] 司马光.资治通鉴 [M].北京:中华书局,1956.

[7] 王国维.人间词话汇编汇校汇评 [M].周锡山,编校,注评.上海:上海三
联书店,2013.

[8] 汪洪章.Euphuism 与骈体文关于对偶、排比、声韵、节奏的研究 [M]// 汪
洪章.西方文论与比较诗学研究文集.上海:复旦大学出版社,2012:221.

[9] 王楙.野客丛书 [M].王文锦,点校.北京:中华书局,1987:345-346.

[10] 萧统.六臣注文选 [M].李善,吕延济,刘良,等注.北京:中华书局,
1987:315.

[11] 曾了若.隋唐骈散文体变迁概观 [M]// 莫道才.骈文研究(第三辑).
桂林:广西师范大学出版社,2019:267.

[12] 朱红霞.代天子立言:唐代制诰的生成与传播 [M].上海:上海人民出版
社,2017:60-65.

| 作者简介 |

李若君,青岛大学文学与新闻传播学院研究生,研究方向为中国古代文
学。

宋代花馔诗探微
——以苏轼、杨万里为例

耿　娜

摘　要：宋代特殊的时代环境刺激了宋代文人对高品质生活和丰富精神世界的追求，以花入馔成为盛行于文人生活中的一种文化现象。在宋诗通俗化的背景下，苏轼与杨万里将种类繁多的花馔写入诗中，饮食场景趋于日常化，日常吟咏、交游唱和与游宴饮食中皆可见花馔诗的创作。二者以超越前代的艺术创新为花馔意象注入了新内涵，将花馔作为独立的审美对象，以文人的独特眼光充分展现花馔的色彩与形貌之美；同时又沉潜寄情于花馔，将个人的生命体悟与价值取向投射到花馔之中，反映出诗人旷达超然的人生况味与化俗为雅的诗歌趣味。花馔诗不仅是宋代花卉文化与饮食文化兴盛融合的结晶，更体现了宋人清淡的饮食观念与清雅的审美理想，具有深刻的文学与文化研究价值。

关键词：花馔诗；苏轼；杨万里；饮食观念；审美理想

在宋代，以花入馔是文人、士大夫日常生活中令人瞩目的文化现象。所谓花馔，通俗来说就是人类出于以花为食的目的，使用四时花卉做成的美食佳肴，是古人的一大创造。要明确花馔的概念内涵，首先需对"花"和"馔"的含义做出界定。本文选取的是"花"在植物学中的定义，即种子植物的繁殖器官，由花梗、花托、花萼、花冠、雄蕊和雌蕊几部分组成，种类繁多，形状和颜色各异，花朵整体或局部皆属于此范围,而与花相似或比附美名的非花对象则不在本文研究范畴之内。"馔"的本义有三条:一般饮食、陈设或准备食物、食用。本文取一般饮食之义。由此,花馔的含义得到明确:用花朵做成的饮食。在宋人的发明创造中,花可以做主食、糕点和菜肴,亦可入茶、酿酒。

随着宋诗以日常入诗的通俗化趋势,宋代文人将花馔写入诗歌,或有所寄托,或吟咏情思,人间烟火与士人风雅在花馔诗中得到完美结合。宋代以前,花馔诗往往数量少,北宋苏轼与南宋杨万里两位诗人创作的花馔诗数量则较为可观,可作为样本分析总结宋代花馔诗的艺术特色与情感价值。本文的研究对象即是苏轼和杨万里所作的花馔诗歌,诗歌内容不仅包括诗人以花为食的具体动作描写,还包括对花卉进行烹饪加工情景的记录、对花馔成品的描摹及诗人具体的观赏和食用感受的描绘。而此类诗中的审美对象花馔既包括客观存在的实物,如宋人林洪(1986)《山家清供》中记录的有关花馔的食谱,还包括诗人想象中的虚空主体,如屈原在绝境之中想象自己"餐秋菊之落英"。因此,本文所要研究的花馔诗中花馔的概念内涵比"花馔"一词所指代的实物本体更为宽泛。

宋代花馔诗创作的历史渊源与时代背景

中国花卉文化历史悠久,几乎与中华民族文明发展史相伴始终。以花入馔是花卉文化兴盛的表现之一,花馔作为饮食,格调不俗,满足口腹之欲的同时又令人精神愉悦,情趣高雅。叶嘉莹(1997)有言:"人之生死,事之成败,物之盛衰,都可以纳入'花'这一短小的缩写之中。"正因如此,花作为意象是历代文学文化中都不可或缺的一部分,花馔也因此被写入诗文。华夏自远古时代形成的花馔艺术迨至宋代已臻成熟,在这一过程中,历代文人墨客将花馔的食用感受与制作过程诉诸笔端,为花馔文学与文化留下了宝贵的遗产。

在《花与中国文化》一书中,周武忠(1999)曾提到中国花卉的发展史经历了一个"从实用到寄意到观赏的过程"。自唐始,花馔诗中所表述的食花行为由功利性的饮食转变为非功利性的欣赏。宋代花馔诗则在理学兴盛的社会背景下打破了自我的局限性,承载起文化的厚度与时代的高度,将文人情志与审美理想注入花馔,使花馔成为人间烟火与士人风雅相结合的完美载体。宋代花馔诗的形成与发展离不开前代花馔文学与文化的滋养,故追溯花馔书写传统、发展历程以及时代背景对于理解宋代花馔诗的创作特色与价值必不可少。

(一)花馔书写传统与发展历程

清代顾观光(2002)所辑《神农本草经》一书中说,"菊服之轻身耐老",可见以花为食之历史源远流长。有记载的花馔书写传统自屈原始,早在战国时期,屈原《离骚》中"朝饮木兰之坠露兮,夕餐秋菊之落英"和《九歌》中"蕙肴蒸兮兰籍,奠桂酒兮椒浆"等即是屈原以花为食的文学性书写。前者以高洁的木兰和秋菊来象征自己的美好品德、塑造高洁的人格典范。后者则是对楚国食用桂花的记载,即楚人将蕙草用来蒸煮祭肉,以兰花衬之;将桂花酒用来祭祀,以椒浆佐之。此时期的花馔书写初具象征意义,屈原所食"落英"与香草意象挂钩,塑造了高洁脱俗的完美人格形象,成为后世文学中屡被提及的典故。

秦汉时期,刘歆(1926)在《西京杂记》一书中有"九月九日佩茱萸,食蓬饵,饮菊花酒,令人长寿"之句,即是关于皇宫内于重阳佳节饮菊花酒的记载,可见这一时期人们重视花馔的养生长寿和驱邪功能。汉代还曾用芍药和兰花来制作花馔,《七发》中提到"熊蹯之臑,芍药之酱""兰英之酒,酌以涤口"是汉代的"至味",可见当时用焖熊掌蘸取芍药酱食用,用清香的兰花酒来漱口,将花朵制成酱已经是一种比较常见的做法。班固(1962)在《汉书》中亦有关于百末旨酒的记载:"百末旨酒布兰生。"颜师古将"百末"注解为"百草华之末",其中"华"是花的美称,意为将各种花朵之末制成美酒,自然醇香可口。

魏晋时期道教兴起,花馔的养生功能更受重视。曹植(2002)《仙人篇》中"玉樽盈桂酒,河伯献神鱼"是三国时期饮用桂酒的文学记载。这一时期人们还将石榴花酿制成酒,南朝梁元帝有《赋得咏石榴》一诗作此记录:"燃灯疑夜火,连珠胜早梅。西域移根至,南方酿酒来。"

魏晋时期的花馔创作相比前代神话性相对减弱,而志怪之风兴起。如陈元龙(1987)《格致镜原》引《洞冥记》曰:"汉昭帝游柳池,中有紫色芙蓉大如斗,花叶甘,可食,芬气闻十里。"花馔与现实生活的联系也更加紧密,宇文毓《和王褒咏摘花》、张正见《和衡阳王秋夜诗》、吴均《登钟山燕》、徐陵《春情诗》所写的花馔皆为日常生活可见的菊花、莲花、梅花等,场景也多为日常宴饮。庾肩吾的《九日侍宴乐游苑应令》与王筠的《摘园菊赠谢仆射举》则是专门描写重阳宴饮菊花酒的诗歌。此时期吟咏花馔的典型诗人为陶渊明,如《九日闲居》《饮酒其七》《拟古二首》。陶渊明尤爱食菊,所作花馔诗以平淡质朴的书写方式反映出诗人热爱自然、旷达超逸的人生志趣。

唐代社会风气开放,经济文化繁荣发展,饮食题材受到关注,是花馔文学书写的一大转折期,此时期花馔的意蕴内涵得到拓展,新的花馔类别开始出现且逐渐被注入个人情思。以花入酒也在唐代变得更加普遍,皇帝赐酒奖赏大臣,苏鹗(1939)《杜阳杂编》记载:"上每赐御撰汤物,其酒有凝露浆、桂花醋。"虽然唐代花馔文化相比前代得到了较大程度的发展,但此时期花馔作品数量并不多,单个诗人作品中涉及花馔的几乎是个位数,情境也大多局限于重阳宴饮和食菊长寿成仙之流,如王维的《奉和圣制重阳节宰臣及群官上寿应制》。陈贻焮(2007)《增订注释全唐诗》收录皎然《九日与陆处士羽饮茶》一诗:"九日山僧院,东篱菊也黄。俗人多泛酒,谁解助茶香。"记录了在山僧院与友人饮用菊花茶一事,首开将花茶写入诗歌之风气。

及至宋代,社会稳定发展,文人地位提高,赏花、插花、簪花为其日常休闲活动,用花作菜蔬和食品也变得更加广泛,花馔越来越贴近日常生活,种类和制法也在唐代基础上更加多样。《山家清供》一书收录的花馔以多种花卉为原材料,记载了"蜜渍梅花""梅花粥""炸牡丹"等多种花馔食谱,展现了宋代花馔文化的空前发展。宋代的花馔诗创作也在前代文学的滋养下得到了更加广而深的发展,作品数量明显增多。北宋苏轼与南宋杨万里是创作花馔诗的典型诗人,花馔诗数量较为可观,且作品中花馔种类增多,出现的场景环境也更加多样,描写题材和范围扩大。花馔不再仅仅作为食用对象,而是与诗人达到了精神和情感上的交流互通,注入了宋代文人的审美态度与生活情趣,其内涵变得更加厚重与深刻。

(二)宋代花馔文化的时代背景

陈寅恪(2001)云:"华夏民族之文化,历数千载之演进,造极于赵宋之世。"宋代社会稳定,经济繁荣,统治者重视文治教化,宋代文人在创造出丰硕的文学艺术成果的同时,在生活艺术领域亦有所建树,在花卉种植、饮食养生等方面均有探索,特别是在花馔文化上取得了很大的进步。宋代花馔文化正是在花卉文化和饮食文化交融兴盛的基础上得到了空前发展。

在政治文化背景上,元人脱脱(1977)等撰《宋史·文苑传》记载:"艺祖革命,首用文吏而夺武臣之权,宋之尚文,端本乎此。"据李焘(1980)《续资治通鉴长编》记载,赵宋王朝吸取了唐末农民起义的教训,实行严厉的"兴文教,抑武事"的政治政策,目的是防范武臣权势过盛和兵权旁落,避免军阀割据的局面重现。此项政策的实行扩大了文人群体,提高了文人的社会地位,削弱了武将的权势和地位,使得宋代的政权稳定主要依赖于文官。因此,宋代文人的经济水平和生活品质逐步提高,既"公用钱之外又有职田",又有各类赏赐,文人追求艺术生活的休闲心理有力地推动了宋代花馔文化的进步。宋代还确立了"重文崇儒"的文化政策,儒释道三教合一的时代思潮和社会氛围使得宋代文人的文化性格迥异于前代文人,其人生价值取向由追求功名转变为自我人格修养的完善。宋代文人醉心于艺术生活和精神世界的重新构建,给花馔文化的发展提供了时代契机。另外,宋代统治阶级还流行赐花给朝廷重臣以示重视。《宋史》卷六六《礼志》中记载,宋仁宗召集群臣在群玉殿共饮,宴会结束后"出禁中名花,金盘贮香药,令各持归"。宋徽宗时期则进一步发展了这种礼节,"(徽宗)御裹小帽,簪花,乘马,前后从驾臣僚、百司仪卫,悉赐花"。宫廷御宴对花卉的提倡也在一定程度上促进了花卉文化的发展。

经济发达为宋代花馔文化的发展提供了坚实的物质基础。孟元老(1982)《东京梦华录》等书对北宋汴京、临安城内百业兴盛的繁华情景都有详尽的记录。宋代利用先进的经济手段和商税制度激发了农业、手工业和商业的生产积极性,促进经济生产力快速提高,餐饮业、花卉园林等方面的发展均实现蓬勃发展,远超前代。坊市制的解体更是打破了前代的封闭型城市规划,都市生活的现代化和城市文化的繁荣刺激了文人的精神文化需求,赏花、插花、食花等风雅活动得以流行和发展。宋人对花卉需求的增长进而推动了园林修建和园艺技术的进步,花卉种植技术提高,花卉品种更加丰富。汪圣铎(2007)指出:"宋代种花人已普遍掌握嫁接技术,不但能实现同属同科异株,而且能实现某些不同科属植物之间的嫁接,使鲜花品种大大增加。"宋代《农书》卷上《财力之宜篇》中记载:"多虚不如少实,广种不如狭收。"由此可知,宋代的花卉农业种植重视嫁接技术和精耕细作,花馔文化正是在这样的花卉农业发展前提下繁荣起来的。

宋人观念的改变也为花馔文化提供了精神支持。吴丹丹(2019)指出:"一个时代的哲学思想和审美之间往往存在着一条隐性的内在关系,这些内在关系的存在直接决定着审美思想内在心理结构的最终形成。"宋代理学的兴盛使得文人在日常生活中具有注重格物致知的精神,善于从寻常生活和普通事物中发掘理趣,诗歌创作也往往以平凡生活和身边琐事作为议论说理的素材。其生活观念和审美趣味逐渐世俗化,在诗歌创作上提倡"以俗为雅"的创作观念,诗歌题材不避世俗,于是饮食作为日常生活中必不可少的组成部分被广泛写入诗中,花馔也作为独立的赏玩对象在文人吟咏之中获得了审美提升,由俗物变为雅事。与此同时,宋代文人重视花卉比德,往往将美好的品德和高尚的情操赋予花卉之中,因此某些被赋予清雅意义的花卉做成的花馔更受文人青睐,这种清雅的审美观念使得花卉逐渐深入文人生活。据张觅(2020)《试论古代文人的花馔养生文化》一文可知,宋代文人还具有强烈的养生观念,清淡素雅的花馔是养生的具体方式之一,花开赏花,花落则食之,食用花馔已成为文人之间的风雅之事,具有饮食养生和情志养生的双重功效。

与此同时,在文化传播方面,佛教在宋代的影响越来越大。朱熹(2002)云:"佛氏乃为逋逃渊薮。今看何等人,不问大人小儿、官员村人商贾、男子妇人,皆得入其门。"佛教普及使得宋代素食快速发展,进而影响到花馔饮食,使其品类更加繁复多样,且饮食做法不尽相同。

苏轼与杨万里花馔诗的艺术创新

随着花卉文化的高度繁荣和文人审美观念的世俗化,宋代花馔诗相比于前代显示出花馔意象更加丰富、饮食描写更加细化的特点。花馔由依附于宴饮的附属品成为独立的审美对象,在花卉类别、书写方式及艺术特色方面实现了一定程度的创新,显示出宋代花馔诗更加广泛和深刻的价值。北宋苏轼与南宋杨万里的文学作品中花馔诗的数量较为可观,二者艺术风格不尽相同,但都体现出宋诗日常化的趋势和花馔诗歌的艺术创新。

（一）花馔类别与食用特点

宋代的花馔品类丰富多样，且烹饪加工的做法不尽相同。此种现象能够和苏轼与杨万里所作的花馔诗相互印证。

1. 花卉类别与饮食方式

作为日常饮食的一部分，花馔可以满足人们的生理需求，不仅能够作为主食的配菜或佐料为食物增添香味和色彩，使食物本身的口感更加饱满，同时又能单独成馔、愉悦精神，使日常生活平添了几分雅致。在宋代，花卉不仅可以入饮入食，如《山家清供》中有菊花、梅花、牡丹分别可以做成菊花酒、梅粥、炸牡丹的食谱，还能够直接生嚼食用，更显清雅脱俗，食用价值与观赏价值并存，为宋代文人所倾心。苏轼与杨万里都有记录花卉饮食的诗句留存（表1）。

表 1　苏、杨花馔诗中的花卉种类

花卉种类	饮食方式	诗人	出处	备注
菊花	菊花酒	苏轼	"金罍浮菊催开宴，红蕊将春待入关。"（《鹿鸣宴》）	
		杨万里	"桜蕊浮杯莫多著，一枝留插鬓边霜。"（《九日郡中送白菊》）	
	生嚼	苏轼	"试碾露芽烹白雪，休拈霜蕊嚼黄金。"（《九日寻臻闍黎遂泛小舟至勤师院》）	
			"无人送酒壶，空腹嚼珠宝。香风入牙颊，楚些发天藻。"（《小圃五咏·甘菊》）	
		杨万里	"秋霖暗天瘦日色，满掇黄花当朝食。"（《和彭仲庄七言》）	
松花	松花酒	苏轼	"松花酿仙酒，木客馈山飧。"（《次韵定慧钦长老见寄八首》）	
	生嚼		"崎岖拾松黄，欲救齿发弊。"（《正月二十四日与儿子过赖仙芝王原秀才僧昙颖、行全、道士何宗一同游罗浮道院及栖禅精舍，过作诗，和其韵，寄、迈迢》）	未提及具体烹饪方式，暂归于生嚼

花卉种类	饮食方式	诗人	出处	备注
梅花	梅花粥	杨万里	"脱蕊收将熬粥吃，落英仍好当香烧。"（《落梅有叹》）	
	梅花酒		"为携竹叶浇琼树，旋折冰葩浸玉杯。"（《梅花下小饮》）	
			"酒香端的似梅无，小摘梅花浸酒壶。"（《庆长叔招饮一栖，未醻，雪声璀然，即席走笔》）	
	蜜渍梅花		"瓮澄雪水酿春寒，蜜点梅花带露餐。"（《蜜渍梅花》）	
			"只有蔗霜分不得，老夫自要嚼梅花。"（《庆长叔招饮一栖，未醻，雪声璀然，即席走笔赋十诗》）	
			"吾人何用餐烟火，揉碎梅花和蜜霜。"（《昌英知县叔作岁坐上，赋瓶里梅花，时座上九人》）	
			"剪雪作梅只堪嗅，点蜜如霜新可口。一花自可咽一杯，嚼尽寒花几杯酒。"（《夜饮以白糖嚼梅花》）	
杏花	杏花粥	杨万里	"老病不禁馊食冷，杏花饧粥汤将来。"（《寒食前一日行部过牛首山》）	
荼蘼	荼蘼酒	苏轼	"分无素手簪罗髻，且折霜蕤浸玉醅。"（《荼蘼洞》）	
		杨万里	"速摘荼蘼薰白酒，不愁香重只愁轻。"（《睡起即事》）	
			"牡丹未要煎牛酥，酴醾相领入冰壶。"（《张功父送牡丹续送酴醾且示酴醾长篇和以谢之》）	
			"碎接玉花泛春酒，一饮一石更五斗。"（《走笔谢张功父送似酴醾》）	
			"月中露下摘荼蘼，泻酒银饼花倒垂。"（《尝荼蘼酒》）	
	生嚼	杨万里	"春风吹酒不肯醒，嚼尽酴醾一架花。"（《夜饮周同年权府家》）	
莲花	莲花酒	苏轼	"请君多酿莲花酒，准拟王乔下履凫。"（《题冯通直明月湖诗后》）	
			"碧筒时作象鼻弯，白酒微带荷心苦。"（《泛舟城南会者五人分韵赋诗得人皆若炎字》）	

花卉种类	饮食方式	诗人	出处	备注
牡丹	炸牡丹	苏轼	"明日春阴花未老,故应未忍着酥煎。"(《雨中明庆赏牡丹》)	
			"未忍污泥沙,牛酥煎落蕊。"(《雨中看牡丹》)	
棕笋	无	苏轼	"夜叉剖瘿欲分甘,箨龙藏头敢言美。"(《棕笋》)	川蜀特产,常蒸熟食用
桂花	桂花酒	苏轼	"烂煮葵羹斟桂醑,风流可惜在蛮村。"(《新酿桂酒》)	
桃花	装饰/佐料	杨万里	"桃花碎片点鲈鲊,紫茸堆盘擘鹑腊。"(《初三日游翟园》)	
其他	柚花熏熟水	杨万里	"新摘柚花熏熟水,旋捞莴苣浥生薑。"(《晨炊光口砦》)	
	百花春酒	杨万里	"爱杀苕溪波底云,揉云酿出蒲萄春。更援百花作香尘,小槽溅破真珠痕。"(《谢湖州太守王成之给事送百花春糟蟹》)	

以下是各类花卉入饮入食的详细解读:

菊　花

被赞为"花中隐士"的菊花是古人眼中的养生上物。《说郛》载宋人史正志(1986)《史老圃菊谱》云:"苗可以菜,花可以药,囊可以枕,酿可以饮。"可见其花朵、幼苗皆可食用。菊花性味苦寒,能疏风清热、清肝明目,降火解毒。宋人运用生活巧思将菊花制成各类佳肴,苏、杨花馔诗中有提及菊花酒和生嚼菊花两类。

(1)菊花酒

菊花酒又称黄花酒、落英酒,是一种古代较为常见的花酒,很受文人雅士欢迎。汉时就有重阳节饮菊花酒的习俗,《梦粱录》有言可为证:"今世人以菊花茱萸为然,浮于酒饮之。……故假此两物服之,以消阳九之厄耳。"宋代酿造菊花酒的过程纷繁复杂,陈直(2003)《寿亲养老新书》载:"菊花五斤,生地黄五斤,枸杞根五斤。上三味都捣碎,以水一石,煮出汁五斗,炊糯米五斗,细曲,碎令匀,入瓮内,密封候熟,澄清。"苏轼《鹿鸣宴》有"金罍浮菊催开宴,红蕊将春待入关"之句,诗人将菊花浸泡在酒中成配制酒,在寻常时节与友人共饮,可见菊花酒在宋代文人生活中已较为普遍。杨万里《九日郡中送白菊》一诗也写了菊花浸泡入酒酿成的菊花酿："樱蕊浮杯莫多著，一枝留插鬓边霜。"可见重阳饮菊花酒在宋代仍然是一种传统习俗。

（2）生嚼

食花总是一件风雅有趣的事，古书中仙人"食桃李葩"、餐花饮露，是得山野之趣、远人间烟火，生嚼花卉更显诗人清雅与清高。苏轼诗中"试碾露芽烹白雪，休拈霜蕊嚼黄金"（《九日寻臻闍黎遂泛小舟至勤师院》）所说的"霜蕊"即指菊花，色泽类黄金。宋人崇尚"茶色贵白"，认为菊以色黄者为上。苏轼另有《小圃五咏·甘菊》一诗："无人送酒壶，空腹嚼珠宝。香风入牙颊，楚些发天藻。"诗人生嚼一种开小花、花瓣如同小珠子的珠子菊，香气弥漫齿颊，激发创作灵感。杨万里在《和彭仲庄七言》中亦有诗云："秋霖暗天瘦日色，满撷黄花当朝食。"

松　花

清人陈淏子（1962）《花镜》曰："松为百木之长，诸山中皆有之。其花色黄而多香，但有粉而无瓣。"松花，也叫松黄，即马尾松的松花，颜色金黄且香气较为浓重，古人认为松花对人体具有养生功能，既可以用来烹饪，也可以制酒。

（1）松花酒

苏轼在《次韵定慧钦长老见寄八首》中的诗句"松花酿仙酒，木客馈山殽"里曾提到用松花浸泡制成的酒。

（2）生嚼

暮年时期，苏轼在《正月二十四日与儿子过赖仙芝王原秀才僧县颖、行全、道士何宗一同游罗浮道院及栖禅精舍，过作诗，和其韵，寄、迈迨》一诗中记录自己捡拾松花为食的行为："崎岖拾松黄，欲救齿发弊。"

梅　花

"疏影横斜""暗香浮动"的梅花在被制成花馔后仍然备受文人墨客的青睐。宋代用梅花做成梅粥、蜜渍梅花、梅花酒等多种花馔，可见古人在花馔饮食上的匠心独运。

（1）梅花粥

梅花粥很受宋代文人喜爱。杨万里《落梅有叹》云："脱蕊收将熬粥吃，落英仍好当香烧。"诗人吃的梅花粥同《山家清供》记载的做法大抵相同,都是将收集的落梅花瓣挑拣之后冲洗干净,与融化的雪水一同煮白米粥食用。

（2）梅花酒

梅花不仅可以煮粥,还可以泡酒。杨万里喜将梅花浸入酒壶,每每得闲,便饮梅花酒,有"旋折冰葩浸玉杯"（《梅花下小饮》）、"小摘梅花浸酒壶"（《庆长叔招饮一栖,未醺,雪声璀然,即席走笔赋十诗》）之句。除了主观酿造,无心而成的梅花酒则更为天然清丽:"一片花飞落酒中,十分便罚琉璃锺。"（《雨后晓起问讯梅花》）

（3）蜜渍梅花

梅花还可以与雪水混合腌制白梅肉,成蜜渍梅花,风味不俗。其做法可见于《山家清供》:"剥白梅肉少许,浸雪水,以梅花酝酿之,露一宿取出,蜜渍之,可荐酒。"杨万里十分喜爱食用蜜渍梅花,数首诗极写诗人的痴迷,如《庆长叔招饮一栖,未醺,雪声璀然,即席走笔赋十诗》中所写:"只有蔗霜分不得,老夫自要嚼梅花",再如"瓮澄雪水酿春寒,蜜点梅花带露餐"（《蜜渍梅花》）、"吾人何用餐烟火,揉碎梅花和蜜霜"（《昌英知县叔作岁坐上,赋瓶里梅花,时座上九人》）和"剪雪作梅只堪嗅,点蜜如霜新可口"（《夜饮以白糖嚼梅花》）之句。

杏　花

廖玉凤（2020）《宋代食用——药用花卉研究》一文提及唐代有寒食节食用杨花粥的习俗,到宋代改为杏花粥。杨万里在诗中提到过杏花粥:"老病不禁馊食冷,杏花饧粥汤将来。"（《寒食前一日行部过牛首山》）其中"饧"是指糖。

荼　蘼

荼蘼,又称酴醾。陈直（2003）《寿亲养老新书》载:"'酴醾',本酒名也,世所开花,元以其颜色似之,故取其名。"

（1）荼蘼酒

宋代朱肱（2016）《北山酒经》提到荼蘼花酒的酿制方法:"七分开酴醾,摘取头子,去青萼,用沸汤焯过,纽干,浸法:酒一升,经宿,漉去花头,匀入九升酒内。"荼蘼酒既是文人们嗜好的佳酿美酒,又是笔端吟唱的对象。苏轼的《荼蘼洞》提到将荼蘼花浸泡入酒:"分无素手簪罗髻,且折霜蕤浸玉醅。"杨万里在其诗作中对荼蘼酒的描写也有很多,如"速摘荼蘼薰白酒,不愁香重只愁轻"

（《睡起即事》）、"牡丹未要煎牛酥，酴醾相领入冰壶"（《张功父送牡丹续送酴醾且示酴醾长篇和以谢之》）和"碎捾玉花泛春酒，一饮一石更五斗"（《走笔谢张功父送似酴醾》）之句，还作《尝荼蘼酒》一诗记录荼蘼酒酿造的整个过程："月中露下摘荼蘼，泻酒银饼花倒垂。"

（2）生嚼

杨万里在周同年权府家与友人宴饮，花伴酒香，可谓乐事："春风吹酒不肯醒，嚼尽酴醾一架花。"（《夜饮周同年权府家》）

莲　花

清香醉人的荷花也可制成美味的花馔，莲花花瓣、莲子、莲藕都可以食用，可活血化瘀、益肾养脾、生津解渴。苏轼《题冯通直明月湖诗后》中有"请君多酿莲花酒，准拟王乔下履凫"之句提到荷花可酿制成莲花酒。在《泛舟城南会者五人分韵赋诗得人皆若炎字》中，苏轼还提到一种用荷叶卷成筒状饮酒的方式："碧筒时作象鼻弯，白酒微带荷心苦。"他将碧筒比作象鼻，碧筒酒在清香之外微微带点苦，于酷暑天气饮用，清凉爽口。

牡　丹

国色天香的牡丹在唐代就被广泛种植，且有"花王"的美称，极具观赏价值。牡丹花性平，味苦淡，有活血止痛、保健身体的功效。《山家清供》提到炸牡丹的做法："用微面裹，煤之以酥。"苏轼在两首花馔诗中都提到了炸牡丹："明日春阴花未老，故应忍着酥煎。"（《雨中明庆赏牡丹》）又诗云："未忍污泥沙，牛酥煎落蕊。"（《雨中看牡丹》）

棕　笋

棕笋即棕榈树的花孕子，《本草纲目》解释过棕笋得名的原因是因为形状似鱼。苏轼《棕笋》一诗详尽描述了棕笋的外在形貌和食用方法："夜叉剖瘿欲分甘，篛龙藏头敢言美。"

桂　花

有"金秋娇子"美称的桂花是中国历史悠久的传统花馔之一，香气浓郁，可止咳化痰、散寒破结，具有较高的养生价值。何小颜（1999）曾提到"桂花最早也是最闻名的用途就是入酒"。桂酒早在战国时期就已有之，苏轼作《桂酒颂》赞美桂花的清幽独立与桂酒的醇香馥郁:"大夫芝兰士蕙蘅,桂君独立冬鲜荣。无所摄畏时靡争,酿为我醪淳而清。"《新酿桂酒》一诗则记录了苏轼亲自酿制桂酒的全过程:"烂煮葵羹斟桂醑,风流可惜在蛮村"。

<h2 style="text-align:center">桃　花</h2>

桃花可以作为餐食的点缀和装饰。杨万里有诗云:"桃花碎片点鲈鲊,紫茸堆盘擘鹑腊。"(《初三日游翟园》)海鲜饮食以桃花佐之,既增加了审美体验,又可去腥增香。

<h2 style="text-align:center">其　他</h2>

杨万里诗中还提到了柚花和百花春糟蟹两种花馔。柚花类橘子花,可行气止痛,性温味苦辛:"新摘柚花熏熟水,旋捞莴苣浥生薑。"(《晨炊光口砦》)《谢湖州太守王成之给事送百花春糟蟹》则记录了百花春糟蟹的做法:"爱杀苕溪波底云,揉云酿出蒲萄春。更挼百花作香尘,小槽溅破真珠痕。"百花春糟蟹是用酒糟腌制的螃蟹,类似于今天的醉蟹,不同的是诗中提到的酒是用多种花卉酿制而成的。

2. 饮食场合与诗歌情境

与屈原、陶渊明求仙问道或是寄托遥深不同,以苏轼与杨万里为代表的宋代花馔诗所描写的饮食场景变得更加日常化、生活化,大致可分为日常吟咏、交游唱和等几类特定的生活场景。

花馔在宋代文人的日常生活中已是家常便饭,诗人借花馔进行情感吟咏的诗歌也比比皆是,寄托幽微细腻的文人情思。苏轼在荼蘼花丛闻到荼蘼花散发的幽香,不免思乡怀旧,随手折下花枝浸入美酒:"野荼蘼发暗香来……且折霜蕤浸玉醅。"(《和文与可洋川园池三十首·荼蘼洞》)诗人爱花、护花、品花,花开时赏花,花落时食花。在《雨中看牡丹》一诗中,苏轼写有"明日春阴花未老,故应未忍着酥煎"的诗句。炸牡丹本是一道可口的花馔美食,而牡丹盛开后经过细雨的洗礼变得更加娇嫩,诗人不忍心将开得春光正盛的牡丹花煎炸为食,其敬畏生命、热爱生活的细腻情思一览无余。杨万里乘舟出游停泊至光口砦,行程匆忙且吃食简陋,但他仍不忘在这样的旅途中摘花入馔:"新摘柚花熏熟水。"诗人午睡醒来后忽然感到心惊,于是"速摘荼蘼熏白酒",一个"速"字尽显诗人的急切心情,荼蘼花浓郁的花香能够令人去乏解烦、神清气爽。日常花馔正是借由诗人高超的写作技巧得以注入真实的情感内涵,实现了真正的审美提升。

文人之间的交游唱和是宋代花馔诗创作的另一契机。宋代官宦流动较为频繁,诗人的交游范围更加广泛,饮食特产便成为联结同僚亲友的重要纽带,礼尚往来之间便常作诗作文来传达所赠美食的食谱及内涵,花馔便兼具了美食与情感的双重内涵。苏轼曾作《椶笋》一诗随蜀地特产椶树花蕾一同赠往殊长老:"赠君木鱼三百尾,中有鹅黄子鱼子。"二人的老友情谊都凝聚在作为礼物赠送的椶笋上。杨万里也曾作诗对友人赠礼表达感谢和爱不释手之情:"爱杀苕溪波底云,揉云酿出蒲萄春。"(《谢湖州太守王成之给事送百花春糟蟹》)张功父向杨万里赠送过牡丹和荼蘼,杨万里作诗答谢,一句"老夫最爱嚼香雪"可见杨万里对所赠花馔的喜爱,更可见杨万里对友人的感激与珍视。又诗云:"碎接玉花泛春酒,一饮一石更五斗。"诗人将友人所赠荼蘼浸酒,酒借花香,诗人诗兴大发,纵酒尽欢。交游唱和中诗人对花馔的赞美不单单是对赠礼的感谢,更是向与自己志趣相投的友人传递情感,一来一往成为佳话。

宋代花馔诗的创作还与游宴活动密切相关。在宋代,公宴和私宴都很流行,刘筠(2006)《大酺赋》序言:"王德布于天下而合聚饮食焉。"在觥筹交错、美酒佳肴的场景下,文人的创作环境更加随性,往往进行即兴吟咏,花馔作为席间雅食便进入了诗人的创作视野。科举之后,苏轼与春风得意、踌躇满志的才子们一同享用鹿鸣宴、共饮菊花酒,喜不自胜,作诗云:"金罍浮菊催开宴,红蕊将春待入关。"杨万里去友人家做客,饮酒尽兴生嚼荼蘼:"春风吹酒不肯醒,嚼尽酴醾一架花。"他还曾作诗记录在翟园宴会上的诸多花馔熟食:"桃花碎片点鲈鲊,紫茸堆盘擘鹌腊。"毫无疑问,宴会中的花馔美食启发了诗人的创作思路,成为花馔诗创作的又一重要源泉。

(二)花馔书写方式与艺术创新

将以花入馔进行文学创作早已有之,但宋代以前的花馔诗仅仅将花馔作为日常生活饮食中的点缀和美好人格的点染,且大多笼罩着神秘色彩,起铺陈情景、烘托气氛的作用,从而为更加深沉的主旨服务。及至宋代,花馔诗的创作得到了较大的发展。苏轼与杨万里所写花馔诗相较前代在题材、内容、手法等方面均有发展创新,更加注重生活化、细节化的描写,扩大了花馔的内涵,使得原本无生命、无情趣的花馔饮食发展为具有独立审美价值的文学题材,充满文人色彩与人情味。

1. 丰富花馔意象

"人间有味是清欢",苏轼与杨万里所写花馔诗中花馔意象更加日常化、生活化,花馔的内涵和意蕴更加广阔,情感也更加丰富。这也从侧面表现出宋诗不同于唐诗的天马行空、浪漫潇洒,而是内敛平淡,追求浮华褪去的诗歌真味。在二者的诗歌中,花馔不再局限于前代对先贤追随的"落英"与"秋菊",而是从身处的日常生活出发,描写的是触手可及的花馔种类,而不同种类的花馔又拓宽了花馔诗的题材,花馔的固化意象得到强化,新意象得以创造,且花馔与特定场景、特定情感相联系,升华为更加深刻的审美对象。

花馔意象的丰富体现在花馔诗的创作来源比以往更加侧重于身边取物。屈原描写花馔时往往是在不寻常处寻找木兰秋菊以供食用,汉代饮菊花酒也多是在重阳宴饮的场合。而宋代诗人笔端的花馔则是运用日常生活中随处可见的花朵制作而成的,有些甚至是诗人亲自修建的园圃中种植的花卉。苏轼在《次韵子由岐下诗》中提到过自己修建的园林庭院:"亭前为横池……池边有桃、李、杏、槐、松、柳三十余株。又以斗酒易牡丹一丛于亭之北。"实属素净无华之境。苏轼还专门为园林中种植的可以食用的菊花作诗吟咏:"野菊生秋涧,芳心空自知。"杨万里的花馔诗中也有从身边随手折取得来的花卉,如"为携竹叶浇琼树,旋折冰葩浸玉杯"。诗人在梅花树下饮酒,便折一枝清雅自然的梅花浸入美酒中,为平凡的饮酒场合增添了些许雅致。宋代花馔诗的身边取物还体现在对无心而成的花馔的描写,如杨万里《雨后晓起问讯梅花》云:"一片花飞落酒中,十分便罚琉璃锺。"诗人日日赏梅,"为梅愁雨声"竟"挑灯至天明",雨后疾走问讯梅花,这片梅花似有所感知,怜惜已老弱不能饮酒的诗人,竟摇曳飞落偏不至诗人的酒樽,可谓万物有灵。诗人与友人假设妙手而成的无心花馔,不拘格套,尽得自然之趣。

苏轼与杨万里还将花馔作为诗中独立的审美对象,通过细腻的观察和详尽的描绘做到"穷物之情,尽物之态",充分展示花馔本身的情态,使得花馔意象更具自然之美。苏轼《棕笋》及诗前小序对棕笋的形貌、生长时令及食用方法都进行了详细的描述:"状如鱼,正二月间,可剥取。法当蒸熟,所施略与笋同,蜜煮酢浸。"棕笋的烹饪常识由此诗可尽知了。在《荼蘼洞》一诗中,苏轼先是以"长忆故山寒食夜,野荼蘼发暗香来"极写荼蘼花之暗香,顺理成章地引出诗人以霜花浸美酒的行为。诗歌并未直接描述荼蘼泡酒的风味,但将暗香扑鼻且凝着霜露的荼蘼浸入未经淘滤的琼浆玉液之中,酒益花香,花伴酒味,想必定是沁人心脾。苏轼在《雨中看牡丹》中更是极写雨中牡丹之幽姿,细雨遥看却无,近看牡丹花瓣上露珠点点,经过细雨洗礼的花朵如美人出浴:"秀色洗红粉,暗香生雪肤。"临近萧瑟黄昏,雨水湿重压弯了花枝,倒叫诗人于心不忍,欲伸手扶之。无人欣赏则自赏,在这明媚春天里,牡丹花与百花共享春光,与其使其凋落埋进泥土,不如与牛酥一同煎炸入食:"未忍污泥沙,牛酥煎落蕊。"整首诗由雨中到雨停再到雨后,详尽描绘了牡丹的艳绝一世,炸牡丹的美味自然也就不道而明了。

　　宋代花馔诗的艺术创新还表现为苏轼与杨万里在花馔意象之中投入了自身的情感内涵,人事与花事合而为一,成为诗人主观幻想的外化。在汉代以来的传统习俗中,九日登高采菊是重阳旧俗,重阳饮菊酒能够延寿消灾。在宋代花馔诗中,饮菊花酒则不再仅仅作为重阳宴饮旧俗的象征物,而是多用来与屈陶典故相关联。苏轼创作了数首化用了屈原辞句的菊花花馔诗:"独依古寺种秋菊,要伴骚人餐落英。""朝兰夕菊都餐却,更斫生柴烂煮诗。""我顷在东坡,秋菊为夕餐。"这些诗歌以屈子自比,表达了苏轼不畏艰险、永葆初心的美好人格。苏轼还有一定数量的和陶诗,如描写松花酒时有"我醉君且去,陶云吾亦云"之句,委婉地表明了诗人向往陶渊明"采菊东篱"的隐逸之志;杨万里在《题谢昌国桂山堂》中写有"九秋金粟供朝饭,三径黄花并夕粮"等诗句,将屈原和陶渊明二人的诗句融合化用,表明对于如屈原般坚贞高洁的完美人格典范的向往、如陶渊明般精神超况、复归自然情怀的追随,使得菊花、落英意象与屈陶典故息息相关、脉脉相通。另外,除了使花馔意象的象征内涵得到固化之外,诗人也将私人情感注入其中,花馔成为个体观照内心和自省的工具。苏轼《小圃五咏·甘菊》有诗云:"无人送酒壶,空腹嚼珠宝。"寒日里的霜菊虽有晨光照耀,夜晚的秋雨却几乎要摧倒它们,无人嘘寒问暖,诗人只得生嚼甘菊,香气却弥漫萦绕在身边,以至于要写出绝妙文章来。孤独凄凉之中,甘菊意象更像是诗人的精神寄托,而不单单只是食用对象。《九日寻臻阇黎遂泛小舟至勤师院》中的菊花意象则同时作为色泽类似"嚼黄金"的食用对象和具有"拒霜"品质的观赏对象,"白发病眸"的苏轼借此感叹时光飞逝,年华老去。

另外,苏轼与杨万里所作的花馔诗并未拘泥于某类花卉的某一种具体做法,而是广泛涉猎多种花卉,将花卉入饮入食的不同做法均写入诗中。以梅花为例,除了生嚼花卉的文人清雅举动之外,诗中还提及了梅花粥、梅花酒、蜜渍梅花等多种不同做法,一定程度上扩大了花馔意象的范围和题材。

2. 细化饮食描写

在历代花馔文学性书写中,花馔往往以名物形式出现,花馔形貌、制作过程和食用感受多使用抽象描述,在诗中作为可有可无的附属品草草带过,而以苏轼与杨万里所作的花馔诗则对花馔的制作细节、饮食感受与味道描述更加细致和真实,拉近了花馔与日常生活之间的距离。

苏、杨花馔诗细化花馔饮食描写的美学特征之一即是诗人对花馔色彩光泽的描述不吝笔墨,十分详尽。宋代花馔重视食物的色彩搭配,这一点在《山家清供》所载食谱中可见一斑。食物的色彩搭配合理不仅能够带来视觉享受,食物本身品尝起来似乎也变得更加美味。苏轼与杨万里的花馔诗中就有吟咏食物的色彩搭配之美的。如苏轼《九日寻臻阇黎遂泛小舟至勤师院》有"试碾露芽烹白雪,休拈霜蕊嚼黄金"之句,上好香茗的雪白茶色与黄金甘菊并举,黄白都是明亮的颜色,令人精神愉悦。《泛舟城南会者五人分韵赋诗得人皆若炎字》中所写"碧筒时作象鼻弯,白酒微带荷心苦",碧绿色的竹筒盛满清冽泛白的莲花酒,夏天的清凉之气扑面而来。苏轼去朋友家做客时,席上有"青浮卵椀槐芽饼,红点冰盘藿叶鱼",鲜艳的青红色彩对比更加强烈,不用品尝就可以感受到盘中美味了,既饱口腹之欲,又愉悦了精神与心境。再如杨万里《初三日游翟园》中有"桃花碎片点鲈鲊,紫茸堆盘擘鹑腊。霜余橘颗金弹香,雪底笋芽玉版色"之句,更是通过桃花、紫茸花馔与其他餐食的色彩搭配将主人待客之丰盛周到与诗人潇洒快意的心境淋漓尽致地表现出来。

宋代花馔诗还充分展现了自然花卉与花馔成品的外在形貌之美。苏轼《棕笋》首句"赠君木鱼三百尾"便惟妙惟肖将棕笋状如鱼的形态勾勒得十分清晰。杨万里在《九日郡中送白菊》中写有"未应白菊减于黄,金作钿心玉作裳"之句,为白菊辩驳,认为白菊并不比黄菊稍减姿色,金色花蕊与白色花瓣相称更显极致清妍。诗人不仅要将白菊浸入酒中饮菊花酒,还要插一枝在鬓角,尽显对白菊的偏爱。《落梅有叹》云："才有腊后得春饶,愁见风前作雪飘。"梅花落英如雪花片片,诗人将飘落的梅花与融化的雪水糅合其中煮成梅粥,虽非炊金馔玉,却格外清香怡人,诗人便不再只为这落花黯然伤神。除了色彩和形貌描写,苏、杨花馔诗还注重对花馔味道和功能的细化描写。苏轼《新酿桂酒》首句便将桂酒的"香"和"辣"和盘托出,《泛舟城南会者五人分韵赋诗得人皆若炎字》提及莲花酒之"苦"。杨万里在《张功父送牡丹续送醆醿且示醆醿长篇和以谢之》中则提到了生嚼梅花具有解酒除热的功能。

再者,以往花馔通常以点缀形式出现在诗歌中,花馔的制作过程和餐花感受都甚少提及,苏杨花馔诗的书写则不同,从前期烹饪准备到成品味道、饮食感受都有细致的描写。苏轼在《新酿桂酒》中记录了桂酒新酿的整个过程,杨万里在《尝荼蘼酒》中则详细描绘了酿制荼蘼酒的全过程:"月中露下摘荼蘼,泻酒银饼花倒垂。"杨万里在收到张功父赠送的牡丹与醆醿时作诗答谢,将友人所赠的牡丹与醆醿一同浸入酒壶,详细地向张功父传达了这份赠礼的食用方法和过程,文人相知,共进花馔,岂不美哉! 再如杨万里在《夜饮以白糖嚼梅花》中提及梅花花馔"点蜜梅花新可口"以至于诗人竟"馋涎流到瘦胫根",诗人食用蜜渍梅花的感受竟如此细致和夸张,其中美味已可知一二。在《谢湖州太守王成之给事送百花春糟蟹》中,杨万里记录享用友人送来的美食,将饮用百花酿的感受表述为:"一杯吸尽太湖月,郡斋忽念山中客。远浇白首草玄人,伯雅仲雅俱清绝。"

实在是精妙馥郁而又有淡泊脱俗之感。另外,宋人还常常用"嚼"字来描绘食用花馔的动作,相比前代更加详尽细致,如苏轼"空腹嚼珠宝"、杨万里"老夫最爱嚼香雪",花馔的口感更加具体可感,读来令人垂涎欲滴。

苏轼与杨万里花馔诗中的情感价值与品格寄托

在宋代,花馔作为文人日常生活中必不可少的元素,不仅能够满足日常的生理需求,同时也在一定程度上成为文人寄托和慰藉心灵的载体。苏轼经历仕途的几度浮沉,寄情花馔以疏解心中郁结之情,将个人的幽微情思投射其中,以高雅别致的眼光描绘简单质朴的花馔饮食,传达出一种旷达超然的人生况味。杨万里亦仕途坎坷,调动频繁,诗人却尤爱梅花及梅花花馔,数首花馔诗极写其热爱与痴迷,富有诗趣,体现其人格的清雅脱俗。二人花馔诗皆有所寄托,从不同角度体现了宋代文人清高脱俗的人格和风雅平淡的审美。

(一)苏轼花馔诗与其人生况味

"问汝平生功业,黄州、惠州、儋州。"苏轼对自己的政治生涯做出了自嘲式的总结,然而政治上的失意潦倒却给苏轼带来了诗文创作上的伟大收获。钱穆(2002)云:"苏东坡诗之伟大,因他一辈子没有在政治上得意过。他一生奔走潦倒,波澜曲折都在诗里见。"以花馔入诗,恰恰是生活与艺术最紧密的融合。苏轼的花馔诗创作不仅随着他的贬谪起伏有所变化,更是与其人生境遇息息相关,在贬谪期间他面对斋厨索然的窘境而以花馔为食,寄情于此,苦中作乐。经历了一系列的荣辱浮沉,苏轼的文学积淀更加深厚,花馔题材的诗歌内容也更加丰富,他将个人经历与花馔诗创作融为一体,将个人的生命体悟和价值取向投射到花馔当中,反映了苏轼的仕途起伏与人生况味。苏轼的花馔诗创作,就在这一站又一站的旅途中得到开拓与创新。

宋嘉祐六年(1061),彼时 26 岁的苏轼通过了朝廷的制科御试,授"凤翔签判",这是苏轼中进士后第一次出京师任官。苏轼在凤翔任职期间提倡疏浚,扩建饮凤池,植柳种莲,建亭造桥。苏轼在《次韵子由岐下诗》中提到他亲自修建的园林,在池边种下桃、李、杏十余株和牡丹一丛。此后,苏轼陷入朝廷党争之中,无暇吟花弄草,花馔题材从苏轼的诗歌中销声匿迹,直到其再次外放杭州,此题材才得以重现。

熙宁四年(1071),苏轼为力陈新法弊病上书皇帝,遭御史构陷,自请外放,被贬往杭州任通判。自此,随着见识的不断增长和经历的逐渐丰富,苏轼本着"人生如逆旅,我亦是行人"的旷达精神,在杭州游访山水、交友访僧,他的文学作品题材趋向日常生活化,花馔诗也得以重回苏轼的创作视野。在杭州,他泛舟至勤师院,与友人"试碾露芽烹白雪,休拈霜蕊嚼黄金";细雨霏霏时,诗人在杭州明庆寺赏牡丹,"明日春阴花未老,故应未忍着酥煎"。虽是外放贬谪,但诗人却把杭州当成一片乐土,将生活过得率直天真、饶有诗意。自此以后,每每遭到贬谪流放,苏轼都善于从花馔中找到慰藉和乐趣,每到一处几乎皆有花馔诗的创作。

熙宁七年（1074），苏轼调任密州。对比杭州的舟楫画舫、湖光山色，当时的密州经济萧条、荒山连绵，蝗灾、旱灾交相为虐，苏轼的政治处境也极为艰险。在此期间，他曾作一篇《后杞菊赋》聊以自嘲，面对"斋厨索然"，只能"以杞为粮、以菊为粮"。然而苏轼迎头而上、勤于吏职，"视官事如家事"，拯救密州人民于水火之中。在密州任职两年后，苏轼写了《荼蘼洞》一诗。诗人信步来到枝叶繁茂的荼蘼花廊，荼蘼花的幽香沁人心脾，使他不由得想起故乡的寒食夜，但在此地却没有女子采摘荼蘼装饰发鬓，实在令人感到缺憾，诗人只能将这洁白的花朵酿进酒缸，来日邀友人共谋一醉。诗人寓意于物、借景抒情，借对荼蘼花事的描写，寄托了贬谪他乡思念故地的深厚情感。

在《宋元禅宗史》一书中，杨曾文（2006）提到参廖是苏轼"诗文中提到最多的僧人"。叶翔玲（2014）则在论文中考察苏轼与道潜的交游起始时间据《苏轼年谱》记载是在元丰元年（1078），时苏轼知徐州，道潜不远万里从汴京来到徐州拜访苏轼，苏轼作《次韵僧潜见赠》称赞道潜"心明如镜"，是"公侯欲识不可得"的得道高僧，两人游览山水、诗歌唱和，相得甚欢。道潜的"独依古寺种秋菊，要伴骚人餐落英"与苏轼的"且撼长条餐落英，忍饥未拟穷呼昊"志趣相投，两人是亲密无间的诗友。1079 年，44 岁的苏轼又被调为湖州知州，"试选茗溪最深处，仍呼我辈不羁人"的诗人与友人一同泛舟云溪，美酒配佳肴，用带有荷叶清香的碧筒杯饮用乌程佳酿，清酒入喉，令人神清气爽。此时逍遥自在的诗人观看湖州脍匠切鱼，竟对脍匠高超的技法做出如此细腻的描绘："运肘风生看斫脍，随刀雪落惊飞缕。"诗人在逆境中仍然保持潇洒乐观，实在是闲情逸致，诗兴大发。

元丰二年（1079），苏轼因乌台诗案被捕入狱，在友人的力保之下才得以留住性命，迁至黄州团练副使，这是苏轼仕途中一次巨大而残酷的挫折。苏轼的贬谪生活十分艰苦窘迫："初到黄，廪入既绝，人口不少，私甚忧之。但痛自节俭，日用不过百五十。"初到黄州，苏轼便作诗自嘲自己的荒唐遭遇："自笑平生为口忙，老来事业转荒唐。"面对此等境遇，他放情于自然万物，以花馔来慰藉痛苦的灵魂，创作花馔诗的雅兴更是不减反增。在黄州，苏轼雨中看牡丹，将牡丹落花煎炸食之，"未忍污泥沙，牛酥煎落蕊"，以梅花春酒为伴，"小槽春酒滴真珠，清香细细嚼梅须"。可见，牡丹与梅花花馔的清香已经使得苏轼暂且忘记了黄州生活的艰苦。这种苦中作乐的精神体现了苏轼心态的豁达与平和。苏轼被贬黄州之后,还在荒山野坡开垦出东坡,并披荆斩棘修筑雪堂,为其居住躬耕之所,过起了旷达自由的生活。苏轼曾作《雪堂记》阐述自己内心的痛苦和思想上的矛盾,提出"性之便,意之适"的人生观。这种思想境界在《次韵毛滂法曹感雨》中也有所体现:"一朝涉世故,空腹容欺谩。我顷在东坡,秋菊为夕餐。"他以秋菊为食,不与"世故""欺谩"同流合污,即使在荒山野坡亦有自得之乐。

绍圣元年(1094),苏轼又因受到"语涉讥讪"的弹劾而被贬至荒无人烟的惠州,作《到惠州谢表》:"以瘴疠之地,魑魅为邻,衰疾交攻,无首丘之望。"虽然身处经济条件落后、物质资源匮乏的惠州,苏轼还是积极乐观地面对生活和饮食,创作出有关花馔题材的诗歌。初到惠州,苏轼便尝试亲自用桂花酿酒,有《桂酒颂》一篇,还有一首《新酿桂酒》则更加详细地描绘了他酿酒的过程。这首诗中充满了乡村气息,有酒盈樽,诗意盎然,煮菜烧羹,写出了惠州生活的恬淡与自然,也写出了苏轼身处逆境时心境的旷达与豁然。他像陶渊明一样亲事农桑,写出了许多和陶诗,如"岂知江海上,落英亦可餐"之句。由此可见,仕途坎坷的苏轼谪居穷困的岭南,却仍然不失对生活的热爱,不管生活条件有多艰难困苦,他总能在困窘中发掘出生活的乐趣。

花馔诗不仅能够勾连起苏轼的一生,也展现了他在不同场合下以花为食的不同心境,花格与人格相互交融,成为一体。苏轼的花馔诗创作与其人生遭际紧密相关,广阔的宦游经历成就了他旷世文豪的地位,也为其花馔诗歌题材的开拓和发展带来了机遇。苏轼并不只是通过以花馔为食来满足口腹之欲,而是如陈芳(2005)所说,在花馔中"吃出了对抗逆境的勇气和力量和化荆棘为干脆的人生境界"。

(二)杨万里花馔诗中的诗趣与梅花情

杨万里的官宦生涯亦十分曲折,自绍兴二十五年(1155)进入仕途至绍熙三年(1192)辞官还乡,几经沉浮,曾踏足江苏、浙江、安徽、湖南、江西、广东等地。在仕途起伏中,杨万里将宦游生涯中创作的诗歌收归为《江湖集》等八部诗集,诗歌风格变化与其心境起伏都在有意识的诗集分列中得到明显体现,他在不同时期皆有花馔诗的创作。杨万里曾言:"吾游居寝食,非诗无所与归。"他个性乐观,热爱生活和自然,生活中大到百姓疾苦、小到花鸟虫鱼的凡事都能在其笔下入诗,他人视为俗事的饮食日常在诚斋笔端也能妙笔生花,饶有诗趣。正是广阔的宦游经历使诗人得以放情于自然万物,醉心于各地风土民情,寄情于风雅花馔。透过花馔诗,可见诗人在不同人生境遇下的不同心境变化,花馔正是作为日常生活的组成部分成为诗人吟咏和寄情的对象。

自进入仕途的数年时光里,由于刚正敢言、指摘时弊,杨万里一直在基层做官,不得重用,往往有职无品。乾道三年(1167),杨万里带着意为总结经验教训、重振国家雄风的《千虑策》奔赴京城,一直到乾道五年(1169)都赋闲在家。在江西吉水居家期间,杨万里作《昌英知县叔作岁坐上赋》记录了自己的食梅行为,强调食梅不同于凡俗人间烟火,诗人不拘于官场,赋闲在家,与友人觥筹交错,共食梅花,可见脱俗不凡之气度。

淳熙元年(1174),杨万里被任命至漳州任职,后又改为常州,此后三年一直在家乡等待上任。距离上次赋闲不过五年之余,杨万里再次回到吉水老家。他感叹时光飞逝,年华易老,困窘的生活使其只能以黄花为食,在此种境遇下,他十分渴盼友人的到来能给予其慰藉。杨万里还自制梅花酒感谢友人的馈赠:“小摘梅花篸玉壶,旋糟熊掌削琼肤。”

淳熙四年(1177),杨万里至常州任职。他在任期间除了经历了浙西大旱之外,还要在荆溪馆招待金使,政务繁忙,十分疲累。但他在此地经历的种种仍然令人难忘,曾作《初三日游翟园》一诗记录去友人家赴宴的情景,花馔美食令人陶醉。杨万里还曾观赏雨后的梅花,食用过梅花粥与蜜渍梅花,都有诗作留存。

淳熙四年,杨万里从常州离开返回家乡吉水,曾作诗记录与友人的交游唱和。他在周同年权府家夜饮,醉后不归,还在雪天与庆长叔赏雪饮酒:“酒香端的似梅无,小摘梅花浸酒壶。”

淳熙七年(1180),杨万里奔赴广州任职。淳熙八年(1181),他调任广东提刑,于是自广州折返韶州。在这一年里,杨万里遍赏岭南风光,在重阳佳节饮菊花酒,酒伴人行,不惧寂寞。

淳熙十六年(1189),杨万里除朝议大夫,八月奔赴杭州,反反复复的仕途变迁使其逐渐向往平淡自然的归隐生活,作诗附和屈陶:“朝兰夕菊都餐却,更斫生柴烂煮诗。”

绍熙元年(1190),杨万里伴送金使北返,后奔赴建康任职。他在此地与张功父交好，曾作诗感谢张功父送的牡丹、荼蘼花等，并将这些花卉制成美味花馔以食之。

绍熙三年（1192），杨万里又来往奔忙于江东地区。此时他已不复青春，过牛首山时曾以杏花粥为食，所作《题谢昌国桂山堂》一诗则表达了他初见眉目的归隐之志："九秋金粟供朝饭，三径黄花并夕粮。"

绍熙三年八月，除知赣州，杨万里称疾辞官，未赴任，自此退居乡里不复出。归家期间，杨万里作诗记录了在家乡所食的桃花饭："甑头云子喜尝新，红嚼桃花白嚼银。"

从上述对杨万里仕途变迁的简单梳理可见，杨万里的仕途并非一帆风顺，而是多有浮沉和间断。他担任过许多大大小小的官职，行迹多至东南地区，在时光流转中杨万里选择主动辞官，结束了奔波外任的官宦生涯。纵观杨万里在宦游生涯中所作的花馔诗，无论得意或失意，他永远饱含着对生活和生命的热爱，诗中总是洋溢着丰富的诗情与诗趣。而在杨万里的审美体系里，梅花作为孤寒高雅人格的象征，成为他咏怀寄情的专一对象。

莫砺锋（1990）曾谈到宋代诗坛上一些代表性的典型诗人，如梅尧臣、苏轼、杨万里和陆游，他们在作诗时"几乎把日常生活的每一个方面都看作诗材"。杨万里诗中既不避世俗，物象繁多，又能相得益彰，充满自然之趣。另据余树勋（2003）研究，《全宋诗》收录的杨万里所作的两千多首诗题中涉及"梅"字的多达258首，花馔诗中关于梅花花馔的书写也近三分之二，自称"老夫最爱嚼梅花"，可见杨万里情系梅花之深。而恰恰是因为对梅花的钟爱，杨万里所作的梅花花馔诗都极富有诗趣，尽显活泼之态。杨万里钟爱梅花的情思与"以俗为雅"的诗趣在花馔诗中相辅相成，互为表里，他充满了童趣与谐趣。在荣辱浮沉的仕途与生活中，杨万里以梅为友，以趣为宗，实现了高雅人格的典范与诗风的独树一帜。

杨万里钟爱梅花，在仕途起伏中将梅花花馔作为比德人格的吟咏对象，曾作诗与梅花称兄道弟，如"翁欲还家即明发，更为梅兄留一月"之句。首先，杨万里浓浓的梅花情体现在其品尝梅花花馔的种类非常丰富，《山家清供》中所记载的梅花粥、梅花酒、蜜渍梅花以及生嚼梅花都在杨万里的诗中有所吟咏，与日常生活十分贴近。其次，杨万里非常注重描写食用梅花花馔的环境和场合，往往将雪、酒与梅三者相联系。诗人饮酒时似乎时刻离不开梅花花馔，在其笔下有"为携竹叶浇琼树，旋折冰葩浸玉杯"的梅下饮酒，亦有"一片花飞落酒中，十分便罚琉璃锺"的梅花伴酒。同时，在宴饮酒席上即兴作诗是文人之间的日常，杨万里"晚饮西邻大阮家"之时正逢雪天，而诗人尤爱梅与雪的和谐共处，因此即兴赋诗一首《庆长叔招饮一栖，未釂，雪声璀然，即席走笔·其九》。全诗将雪天与友人共饮美酒的场景描绘得酣畅淋漓，雪胎梅骨更是冷韵幽香。杨万里酷爱梅馔，竟吃着蘸了白糖的梅花吃出了肉味："赣江压糖白于玉，好伴梅花聊当肉。"杨万里与梅可谓得遇知音，乐在其中。杨万里还喜爱食梅粥，有《落梅有叹》一诗可为证，他捡拾梅花落英，将凌寒独放的梅花与晶莹如玉的雪水一同煮粥，芳香四溢，清雅绝尘。

杨万里的花馔诗饶有诗趣，富有谐趣。《夜饮以白糖嚼梅花》一诗极写杨万里面对梅花花馔垂涎三尺之俗态："馋涎流到瘦胫根。"如此反应衬托出梅花的清新可口，而杨万里处在节俭清贫的生活中仍怡然自得，谐趣背后蕴含的是他对生活的热爱和达观的生命态度。还有一次杨万里去老友家赴宴，席间美酒佳肴十分丰盛，面对"象箸冰盘物物佳"，他却做出有些孩子气的举动："只有蔗霜分不得，老夫自要嚼梅花。"将蔗糖据为己有，不愿与他人分享，为的就是能吃到心爱的蜜渍梅花，仅此一句就将他对梅花的喜爱和痴迷和盘托出，尽显率真可爱，饶有童趣。

事实上，在日常生活中单纯以梅花为食并不能满足人们的生理需求，但傲立风霜的梅花往往因其高雅脱俗的品格而备受文人雅士和僧侣道士的青睐，食用梅花既可以获得审美愉悦，又可以借此隐喻自身具有超凡脱俗的美好情操和可贵品质。杨万里在《蜜渍梅花》中提及制作蜜渍梅花的几种食材，有梅肉、雪水、梅花、香蜜和晨露，都是清新脱俗的风雅之物，享用此馔的杨万里也因此变得清雅非常："句里略无烟火气，更教谁上少陵坛。"食梅已使得杨万里的诗句脱去人间俗气，此时的梅馔更像是与杨万里志趣相投的一位密友。正如杨万里在《瓶中梅花长句》中自注："予独倚一株老梅，摘花嚼之，同舍张监簿笑谓予曰：'韵胜如许，谓非谪仙可乎？'"倚在树下生嚼梅花的诗人犹如置身仙界的高人，境界不俗。杨万里还曾在注解中解释过加糖生嚼梅花的味道为"小苦而甘"。梅花加糖嚼之仍有苦味，可见梅花花馔并非以味道取胜，杨万里也并非仅仅出于满足口腹之欲的目的而喜食梅花花馔。他并未将梅花花馔视为寻常饮食，更多则是因为梅花高洁清妍之品格。他借嚼梅来彰显自己不同于世俗的清高人格。诚如程杰(2002)所言,梅花在宋代经林逋将其与人格比德之后进入了全新的审美阶段,在宋人眼中梅花已经具备超拔于普通花卉的精神与人格象征意义,是文人士大夫品德意趣和道德情操的主观投射。在杨万里眼中,梅花花馔本身的食用价值应当是次要的,寄托在花馔背后的文人情思和人格期许才是令诗人如此痴迷的真正原因。

"以我观物,物皆着我之色彩。"杨万里所作花馔诗浸染着诗人主体人格的人生际遇、价值取向与思想色彩,花馔作为万物之一,在其笔端真正实现了主观情感再创造。在描写花馔的情态韵味的同时,杨万里自己的生命态度也早已蕴含其中。正因如此,杨万里的花馔诗才能独具一格,诗趣横生。历经荣辱浮沉的杨万里用一个"趣"字面对花馔,面对天地间自然万物,热忱而又超然,正如朱光潜(2018)所言:"能谐所以能在丑中见出美,在失意中见出安慰,在哀怨中见出欢欣。"

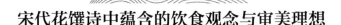

宋代花馔诗中蕴含的饮食观念与审美理想

宋代饮食文化繁荣,宋人的养生保健思想较前代也更加先进,士大夫阶层追求高品质精神生活,花馔文化得到了空前的发展。作为盛行于宋代文人士大夫生活中的一种文化现象,花馔不仅蕴含了宋代清和养生的饮食文化观念,更折射出宋人清雅平淡的审美理想。

(一)清和养生饮食观

宋代社会稳定,经济生产力恢复提高,商业都市发达,宋人追求更高品质的物质生活和精神生活,对生命的养护意识也比以往更加强烈,具体到日常生活实践中,宋人推崇清淡饮食,苏轼有言:"人之生也,以气为主,食为辅。"可见其对饮食的养生功用给予了充分的肯定。食用花馔是养生的具体方式之一,花馔诗的创作更是宋人清和养生观念的客观体现。

宋代极为重视食疗,崇尚利用食疗来养生和治病,陈直(1988)《养老奉亲书》言:"若有疾患,且先详食医之法,审其疾状以食疗之。"宋人重视食疗首先体现在对花馔素食的喜爱上。《山家清供》中记载了大量的美食食谱,书中亦有大量以花卉制成的肴馔,推崇食物的本味与真味,既注重食疗养生,又充满了文人雅趣。苏轼喜爱素食,曾自创东坡羹,称赞其"不用鱼肉五味,有自然之甘"。他十分重视食疗的作用,认为菊花兼具食用和药用价值,提倡"春食苗,夏食叶,秋食花,冬食根"(《后杞菊赋》)。

另外,食素粥也是宋人养生观念的体现,粥易消化,富有营养价值。原所贤(2015)提到,宋代的中医古籍如《太平圣惠方》和《圣济总录》中都有关于药粥的记载,如枸杞粥、莲子粉粥、酸枣仁粥、大枣粥。在苏轼与杨万里所作的花馔诗中,花粥也是养生的必备食物,如杨万里诗中曾提及的梅花粥和杏花粥。另如,陆游(2005)也曾作《食粥》一诗发表对食粥养生的看法:"我得宛丘平易法,只将食粥致神仙。"其诗自注云:"张文潜有《食粥说》,谓食粥可以延年,予窃爱之。"可以说,花馔作为素食具有一定的象征意义,这种崇尚清雅的饮食养生观念是了解宋代文人淡泊脱俗的内在精神的一个微观视角。

再者,宋人大都爱饮酒,认为饮用适量的酒有助于养生,这与唐人爱借酒消愁不同。苏轼(1986)说:"予虽饮酒不多,然而日欲把盏为乐,殆不可一日无此也。"他认为适量饮酒对身体很有益处,少饮使人精神愉悦。苏轼还尝试自己用木桂、菌桂酿制和饮用药酒,作《新酿桂酒》一诗。关于对桂酒的喜爱,苏轼(1982)曾在《桂酒颂》的序中做出解释:"我谪居海上,应当多饮酒以抵御瘴气。"诗人谪居风寒暑湿的惠州,饮用桂酒有助于抵御瘴气,有益身体健康。恰是因为诗人通晓适量饮酒有益养生的功效,时常饮酒以通经舒络、延年益寿,才能在贬谪之地艰苦的环境中仍然保持积极乐观的心态。杨万里在《九日郡中送白菊》写有"樱蕊浮杯莫多著"之句,强调饮酒需适量,而《雨后晓起问讯梅花》中有"如今老病不饮酒"之句,亦可见杨万里出于健康考虑对于饮酒还是有所克制的。杨万里还曾在品酒之后作《尝诸店酒醉吟二首》阐述他的饮酒观:"饮酒定不醉,尝酒方有味。"强调饮酒需节制,饮酒是为品酒,而非醉酒。花卉入酒除了养生功效之外,作为极具欣赏性的清雅之物,单单是花酒本身就已经让杨万里精神愉悦,从而达到陶冶情志、养护身心的双重作用。

宋代在饮食观念上还崇尚"知味",注重食物味道之间的相互调和。赵荣光(2006)言:"知味作为一种理性的升华和感知的超越,不仅是一般意义上的实践,而是无数次生理反应和心理感受交互作用不断深化的过程。"宋代文人苏轼与杨万里"知味",是在无数花馔美食中能够发现精神上得以共鸣的审美情趣。在宋人看来,只有清淡才可知晓食物菜肴的真味,因此花馔往往口味清淡,烹饪方式极为简易,通过蒸煮、煎炸、浸泡等烹饪方式对花卉进行粗加工,几乎不添加调味料以扰乱花馔本色的味觉体验,是自然无污染的寻常美食。在苏轼和杨万里的笔下,花馔可入酒、煮粥、煎炸和生嚼食之,皆是简易便捷的做法,以花馔的清香本味为宜。由杨万里《初三日游翟园》一诗还可窥见宋人在饮食上提倡合理的荤素搭配与协调平衡:"桃花碎片点鲈鲊,紫茸堆盘擘鹑腊。"将花馔作为主食的点缀,去腻增鲜,浓淡相宜。

宋代整体呈现出的清和素雅的饮食风气与宋代文人群体密切相关,他们将花馔素食视为人间至味,既彰显了闲适超然的心境,又起到一定的护身养生之效。

(二)清雅平淡审美观

宋以前的花馔品类及花馔诗歌的创作数量都十分有限,花卉入馔直到宋代才成为流行在士人阶层的一种文化风尚,这种变化首先以发达的经济生产和繁荣的城市生活作为物质基础,更与宋代士大夫阶级平淡自然的生活观念和闲情雅致的审美情趣密切相关。

在中国传统文化当中,花被赋予了各自不同的品性和品格。宋代品花风气兴盛,龚明之(1985)《中吴纪闻》记吴中张敏叔以十花冠十客,作《花客诗》,其中有"梅为清客,菊为寿客,莲为净客,酴醾为雅客"之句。南宋陆游亦有诗云:"为爱名花抵死狂。"(《花时遍游诸家园》)可见宋人对名花的热爱与痴迷。不同于唐代文人对国色天香的牡丹趋之若鹜,在宋代文人的审美体系里,君子之志的菊花和疏影横斜的梅花成为名花新宠,这一点在苏轼与杨万里所作的花馔诗中可见一斑。宋代文人注重精神生活,在食用花馔之时,他们往往会选择在花格上与自身人格理想相似的花卉,在食用花馔中感受到精神的愉悦与升华。正因如此,宋人对菊花与梅花花馔的偏爱使其从自然物象升华为人格象征,折射出清逸超迈的审美情趣。

食用花馔本身也是一种审美活动,往往重视食用场合和环境的选择与营造。优美雅观的就餐环境能够给人以更好的食用体验和审美体验,甚至超出花馔本身所具有的食用价值。相比于唐代典雅华丽的审美取向,宋代注重文治的时代背景使得饮食环境往往具有自然天成、返璞归真的特点,花馔与雅境浑然天成的巧妙融合充分体现了宋代文人清雅的审美情趣。吴自牧(1982)《梦粱录》记载宋代清明宴游的人间盛景:"宴于郊者,则就名园芳圃,奇花异木之处;宴于湖者,则彩舟画舫,款款撑驾,随处行乐。"湖光山色,水石清华,景色优美的园林自然时常被拥有闲情雅致的宋人作为设宴共饮之所,自然物境与平和心境相互交融,从而使得花馔的食用意境变得意味超然、不同凡俗。苏轼所作牡丹花馔诗的场所常选在雨后的牡丹花丛,不假雕饰,清妍幽姿,所食并非山珍海味,却充斥着诗人悲悯万物的幽微情思。杨万里初三日游翟园,主人设宴于园林芳圃之中,"玉林亭子绝幽径,江梅千树吹香雪",园林内部郁郁葱葱,有幽径梅花环绕,在此种食境下享用以桃花佐之的海鲜佳肴,杨万里饮酒欲醉,尽享清雅恬适之乐。除了对食用花馔的地点场所有所偏爱,宋代文人对时令天气的选择也有妙见。隆冬时节,晚天欲雪,杨万里与一众友人于雪天相聚府上,雪声朔朔,天地璀然,饮酒赋诗,"一栖聊劝雪肌肤",既获得了赏雪的审美体验,又满足了食用花馔的口腹之欲。又如落花时节,杨万里与友人于梅花树下小饮,"一片花飞落酒中,十分便罚琉璃锺"。雨后万物复苏,微风拂过,梅花落英缤纷,花下饮酒,若有落花飞入酒中,则要罚酒一杯,实为乐事,雅趣横生。此时的花馔已不单单是食用对象,更是令杨万里沉迷陶醉的审美意象,折射出宋人于山林原野、林泉雅致中远离尘嚣凡俗、复归自然的闲适逸趣,极具别样的审美价值。

宋代理学兴盛,理学家认为世界上所有事物本质上都是一样的客观存在,"民胞物与"成为宋代诗人创作的诗歌内蕴。所谓"民胞物与",就是把百姓作为同胞,把万物视作同类,是一种博爱众生、万物有灵的理学观。正是在这样的理学观念影响下,宋代诗人不避世俗,将野云山水、饮食自然均写入诗中,即使是一枚小小的石头,也能在诗人的笔端化腐朽为神奇。而相比于唐代文人建功立业的进取精神,宋代重文抑武的国策则促使文人的心态发生转变,诗歌不再局限于进取功名和社会现实,而是转向生活琐碎,这本身就是一种平淡的生活理念,亦为宋诗走向平淡透露了些许端倪。苏轼与杨万里在日常生活以平凡普通的花馔为食,并用平易自然的书写方式将其写入诗中,凸显了宋代文人追求平淡的审美倾向。苏轼亲自耕种、采花、酿酒,将花馔素食视为山珍海味,在平凡普通的生活中怡然自得,实在潇洒率真。而作为一位理学家,杨万里笔下的自然万物都有灵气,梅花花馔也不例外。如《雨后晓起问讯梅花》记录与友人树下饮酒的平凡小事,将梅花比拟成知人冷暖的生命体,如此妙想,暗含了杨万里对梅花花馔和平淡生活的热爱。由此可知,将世间凡俗写入诗歌,赋予万物以生命和情感,不仅反映了宋代理学对宋诗创作风格的影响,更折射出宋代文人寄情自然的生命意识和平淡质朴的审美观念。

因此,花馔既可以食用,又可以寄情,更可以投射食花人的审美取向。花馔诗中折射出来的是宋代文人清雅平淡的审美情趣,更体现了宋人对高雅的艺术文化生活的追求。

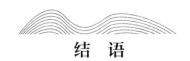

结　语

战国时期已有以花为食的文学记载,宋代花馔诗则是我国古代浩瀚文学长卷中的璀璨一页。相较于前代花馔诗中仅仅将花馔作为日常生活饮食中的点缀和美好人格的点染,北宋苏轼与南宋杨万里所写花馔诗在丰富花馔意象、细化饮食描写等方面均有发展创新,更加注重生活化、细节化的描写,扩大了花馔的意象内涵,使得花馔饮食发展为具有独立审美价值的文学题材,充满了文人色彩与人情味。

花馔作为文人日常生活中必不可少的元素,不仅能够满足日常的生理需求,同时也在一定程度上成为文人寄托和慰藉心灵的载体。苏轼经历仕途的几度浮沉,寄情花馔以疏解心中郁结之情,将个人的幽微情思投射其中,以高雅别致的眼光描绘简单质朴的花馔饮食,传达出一种旷达超然的人生况味;杨万里亦仕途坎坷,调动频繁,却尤爱梅花及梅花花馔,数首花馔诗极写其热爱与痴迷,富有诗趣,体现其人格的清雅脱俗。正是苏轼与杨万里在人间烟火中的这份率真与超脱使得他们能够坦然面对人生中的种种困厄和挫折。作为花馔诗歌的创新与传承之伟大功臣,二者对同时代乃至后代文人的文学影响不囿于拓展诗歌题材和创新艺术手法,他们总能从困苦中找到一盏岁月清光的精神境界更是鼓舞了许多逆境中穷困坎坷的文人志士,源远流长,旷古烁今,亦将灿然永存于世。

宋代文人并未受到所谓"君子远庖厨"的拘束,而是热爱生活、休闲生活,将生活艺术化,即使是烹饪,也将生活熬成了诗。在花馔诗歌的创作中,花馔与诗人互相成就,诗人失意颓靡之时,花馔是其精神寄托;而花馔也正是在诗人的吟咏下从日常饮食中的配角转变为花馔诗歌的独立审美对象,获得了更加丰富深刻的文学内涵,象征着高雅美好的人格。花馔诗体现了宋代文人高雅的生活品位,升华了其精神境界,折射出人生理想与审美情趣,具有深刻的文化内涵与文学价值。

| 参考文献 |

[1] 班固. 汉书 [M]. 北京:中华书局,1962:1063.

[2] 曹植. 曹植集 [M]. 长春:时代文艺出版社,2002:110.

[3] 陈芳. 吃出来的境界——苏轼食品诗管窥 [J]. 安徽警官职业学院学报,2005(02):83-86.

[4] 陈淏子. 花镜 [M]. 北京:农业出版社,1962:89.

[5] 陈贻焮. 增订注释全唐诗 [M]. 北京:文化艺术出版社,2007:478.

[6] 陈寅恪. 金明馆丛稿二编 [M]. 北京:生活·读书·新知三联书店,2001:277.

[7] 陈元龙. 格致镜原 [M]. 扬州:江苏广陵古籍刻印社,1987:7.

[8] 陈直. 养老奉亲书 [M]. 上海:上海科学技术出版社,1988:229.

[9] 陈直. 寿亲养老新书 [M]. 天津:天津科学技术出版社,2003:78.

[10] 程杰. 宋代咏梅文学研究 [M]. 合肥:安徽文艺出版社,2002:230-231.

[11] 程千帆,莫砺锋,张宏生. 被开拓的诗世界 [M]. 上海:上海古籍出版社,1990:86.

[12] 龚明之. 中吴纪闻 [M]. 北京:中华书局,1985:55.

[13] 顾观光. 神农本草经 [M]. 北京:学苑出版社,2002:28.

[14] 何小颜. 花与中国文化 [M]. 北京:人民出版社,1999:214.

[15] 李焘. 续资治通鉴长编 [M]. 北京:中华书局,1980:401.

[16] 廖玉凤. 宋代食用——药用花卉研究 [D]. 保定:河北大学,2020.

[17] 刘歆. 西京杂记 [M]. 上海:上海扫叶山房石印,1926:3.

[18] 刘筠. 大酺赋 [M]// 曾枣庄,刘琳. 全宋文. 上海:上海辞书出版社,

2006：378.

[19] 陆游．剑南诗稿校注 [M]．钱仲联，校注．上海：上海古籍出版社，2005：2462.

[20] 孟元老．东京梦华录 [M]．北京：中华书局，1982：199.

[21] 钱穆．中国文学论丛 [M]．北京：生活·读书·新知三联书店，2002：118.

[22] 苏轼．苏轼诗集 [M]．北京：中华书局，1982：330.

[23] 苏轼．苏轼文集 [M]．北京：中华书局，1986：346.

[24] 苏鹗．杜阳杂编 [M]．上海：商务印书馆，1939：13.

[25] 脱脱．宋史 [M]．北京：中华书局，1977：12997.

[26] 林洪．山家清供 [M] // 陶宗仪．说郛．北京：中国书店，1986：16.

[27] 汪圣铎．宋代社会生活研究 [M]．北京：人民出版社，2007：350.

[28] 吴丹丹．花卉与宋代文人生活 [D]．合肥：安徽大学，2019.

[29] 吴自牧．梦粱录 [M]．北京：中国商业出版社，1982：27.

[30] 杨曾文．宋元禅宗史 [M]．北京：中国社会科学出版社，2006：586.

[31] 叶嘉莹．迦陵论诗丛稿 [M]．石家庄：河北教育出版社，1997：53.

[32] 叶翔玲．苏轼的交游与文学 [D]．上海：复旦大学，2014.

[33] 余树勋．南宋诗人杨万里及其梅花情 [J]．北京林业大学学报，2003，25（S2）：73-77.

[34] 原所贤．宋代学者们的药粥养生诗话 [J]．中医健康养生，2015（04）：72-74.

[35] 张觅．试论古代文人的花馔养生文化 [J]．西部学刊，2020（21）：128-130.

[36] 赵荣光．中国饮食文化史 [M]．上海：上海人民出版社，2006：419.

[37] 周武忠，陈筱燕．花与中国文化 [M]．北京：中国农业出版社，1999：4.

[38] 朱肱．北山酒经外十种 [M]．上海：上海书店出版社，2016：15.

[39] 朱光潜．诗论 [M]．上海：华东师范大学出版社，2018：25.

[40] 朱熹．朱子全书 [M]．上海：上海古籍出版社，2002：3959.

| 作者简介 |

耿娜，吉林大学文学院研究生，研究方向为中国古代文学。

李昌龄《太上感应篇传》相关问题探讨

焦绪霞

摘　要:《太上感应篇》作为道教重要经典,为人熟知,被誉为"善书之祖"。作为其最有名的解读著作之一,李昌龄《太上感应篇传》虽同列《道藏》,然而今人研究者甚少。此书由"李昌龄传""郑清之赞"两部分组成。目前,无论是对其作者、版本还是思想内容的探讨都堪称凤毛麟角。本文对作者李昌龄的身份及其生平、创作做了说明。依据书中对三巴四蜀风物之熟稔,笔者认为此李昌龄为淳熙间进士西蜀人李昌龄。赞者郑清之为南宋理宗朝名相,其思想出入儒释道三家。《太上感应篇传》还包含着丰富的伦理思想,其范围涉及家庭、社会、经济、政治、宗教等诸多方面,值得深入而全面地探讨。最后,笔者根据目前掌握的资料,对其版本等也略做介绍。

关键词:李昌龄;《太上感应篇传》;郑清之;善书

　　《太上感应篇》托名老子,是道教重要经典,被誉为"善书之祖"。历代研究以及传习者不胜枚举。作为其最有名的解读作品之一,李昌龄《太上感应篇传》,虽同列《道藏》,然而今人研究者甚少。此书主要由"李昌龄传""郑清之赞"两部分组成。目前,无论是对其作者、版本还是思想内容的探讨都堪称凤毛麟角。笔者多年来在校勘整理李昌龄《太上感应篇传》的过程中稍有收获。

依据现有文献与现有研究成果,本文对作者李昌龄的身份及其生平与创作再做说明。参考已有研究,又因书中对三巴四蜀的风物非常熟稔,笔者认为,此李昌龄为淳熙间进士西蜀人李昌龄。同样,赞者郑清之为南宋理宗朝名相,其思想出入儒释道三家。经郑清之赞述,特别是宋理宗题识之后,在绍定六年八月,《太上感应篇传》以朝廷钦定本的形式刊行,流布天下。理宗题识曰:"诸恶莫作,众善奉行。"当时名臣巨儒真德秀等纷纷点评,题写序跋。真德秀认为,感应之说一般认为出于老佛氏,其实不然。《易》有"积善之家,必有余庆。积不善之家,必有余殃"之句。此乃儒家所谓感应。《太上感应篇传》一时引领社会风气,这对臣民思想教化影响巨大。《太上感应篇传》包含着丰富的伦理思想,其范围涉及家庭、社会、经济、政治、宗教等方面,值得深入而全面地探讨。最后,笔者根据目前掌握的资料,对其版本等也略做介绍。经过整合几种版本,已经可以窥见《太上感应篇传》全貌。

国家图书馆出版社于 2005 年出版《中华再造善本》,其中就有依据国家图书馆所藏元刻八卷本影印的李昌龄《太上感应篇传》,收入《金元编•子部》。此书还见于《正统道藏》《中华道藏》等丛书中。《太上感应篇》为后人编写善书的典范,在清代与《文昌帝君阴骘文》及《关圣帝君觉世真经》合称"三圣经"。据朱越利(1983)研究,《太上感应篇》撰于北宋末年,是北宋末符箓派道教发生危机时的产物。此书历代不乏阐释者,《太上感应篇传》即是其最早的注本。《正统道藏》在作者栏标注为"李昌龄传,郑清之赞",国家图书馆所藏元刻八卷本与明刻八卷本皆标注为"西蜀李昌龄,四明郑清之"。《太上感应篇传》包含两个重要部分,即"李昌龄传""郑清之赞"。本文欲对李昌龄《太上感应篇传》的作者、内容、版本等相关问题进行梳理。

李昌龄其人其书

据学者研究,宋代有三个李昌龄。一为北宋李昌龄。据四库本《宋史》卷二百八十七《李昌龄传》知,李昌龄(937—1008),北宋宋州(今河南商丘)楚丘人,字天锡,太平兴国进士。第二位是南宋绍兴间已经为官的李昌龄,第三位则是淳熙间进士西蜀李昌龄。后两者不可能是一个人，证在李剑国《宋代志怪传奇叙录》。李剑国（1997）认为："李昌龄，字伯崇。眉州眉山县（今属四川）人，淳熙间进士。曾为《太上感应篇》作注（三十卷），盛行于世，又纂集佛书地狱受苦事为《七趣受生录》，已佚。"又，"作者在本书（按：指《乐善录》）卷四全录道书《太上感应篇》，乾道八年后又为之作传"。关于李昌龄《太上感应篇传》的大体的写作时间，李剑国与王利器先生观点基本一致，即南宋前期。朱越利（1983）也称李昌龄为"南宋隐士"。此外，涉及西蜀李昌龄生平的研究还有丁岚（2012）《李昌龄〈乐善录〉研究》，也直称李昌龄为南宋人。如此，为《太上感应篇》作传的李昌龄身份已基本确定。

宋代赵希弁（2011）《郡斋读书附志》"神仙类"载："《太上感应篇八卷》，汉嘉夹江隐者李昌龄所编也。希弁生父师同尝为之序。四明史弥忞跋其后云：'赵公所序，祸福善恶之报为尤详。可谓爱人以德者……'而程公许、汤中继书之。"这段文字提供了很重要的信息。朱越利（1983）认为《郡斋读书附志》是"第一部著录《太上感应篇》的私家书目"。另外，赵希弁所言程、汤二人也是当时大臣。程公许（？—1251），叙州宣化（今四川宜宾西北）人，《宋史》有传。汤中早年习《周礼》，曾师事大儒真德秀，宝庆二年（1226）进士，官至工部侍郎。他们与李昌龄《太上感应篇传》的传播都有密切联系。

蜀地历代文化名流众多，宗教氛围浓厚。道教宗师张道陵就曾在鹄鸣山（一作鹤鸣山，在今四川大邑境内）修行成道。"汉嘉夹江隐者"六字含义甚丰。汉代曾有汉嘉郡，此处用了古称。夹江今属乐山，有自隋唐以来的千佛岩等宗教文化古迹，被称为"青衣绝佳之处"（按：青衣，指青衣江）。从今天洪雅县柳江万佛滩以及南充等地兴盛的佛教文化回溯历史，可以看出：蜀地一直以来儒道佛文化盛行，乐山、峨眉、青城为佛道文化圣地，与李昌龄《太上感应篇传》中的宗教气氛十分相合，确实可以为其作品提供深厚的文化土壤。

王利器（1989）的《〈太上感应篇〉解题》对李昌龄生平事迹也有详细辨析：

> 按《宋史》卷二百八十七《李昌龄传》："字天锡，宋州楚丘人，太平兴国三年（978）举进士，大中祥符元年（1008）卒。"寻此书（指《太上感应篇传》）李昌龄传中，纪年有天禧初，乾兴初，明道中，康定中，嘉祐中，及熙宁二年（1069），俱在大中祥符之后，而卷二十四"秽食喂

人"条,已明书绍兴乙卯,则其人已入南宋,非卒于大中祥符元年之李昌龄,最为明白,盖其名偶同耳。宋理宗绍定癸巳六年(1233)陈奂子序称:"载读《感应灵篇》与蜀士李昌龄之注。"则撰是书传之李昌龄为蜀士,而非宋州楚丘人,亦甚明白。李昌龄又编有《乐善录》十卷,今有影印绍定二年(1229)刻本,卷首有隆兴甲申(宋孝宗二年,1164)何荣孙序称"陇西李伯崇,迎曦先生之曾孙"。又有知县胡晋臣跋称:"予观邑士李伯崇所编《乐善录》。"又云:"予友章德茂以总檄来眉山,寓宿驿亭云云。"则李昌龄字伯崇,眉山人,原籍陇西。其书多有渔隐之说,其在卷五又称涪溪渔隐,盖慕入蜀之涪翁黄山谷,而以此为隐名也。则其人非字天锡,更为明白。

王利器先生依据《正统道藏》本以及《乐善录》等做出以上推断。他还说:"盖《太上感应篇》一书,李昌龄为之传,书卷纷披,而尤娴于两宋及三巴四蜀掌故,多所发明,而深有中于人心,故世之传播其书者,绵绵不绝。"另外,曾为《乐善录》作跋文的胡晋臣大概对李昌龄非常熟悉。胡晋臣,字子远,蜀州(今成都市崇州区)人,登绍兴二十七年(1157)进士第,初为成都通判,卒于参知政事同知枢密院事任上。他称"邑士李伯崇",应对其非常了解,对于李昌龄著作的流传甚至最后被朝廷认可,也许发生过一些影响。同时,任继愈(1991)主编的《道藏提要》认为:"(《太上感应篇》)传文盖撰于南宋前期。"李剑国(1997)则直接断定:"作者在本书(指《乐善录》)卷四全录道书《太上感应篇》,乾道八年(1172)后又为之作传。"

《太上感应篇》写成后,大概先在蜀中传布。几十年后,宋理宗的提倡对《太上感应篇》的传播起了巨大的推动作用。李一氓(1988)主编《道藏》收录了绍定六年(1233)八月右街鉴义、主管教门公事、太一宫焚修胡莹微《进太上感应篇表》,其中记载了理宗推广《太上感应篇》的情况:

> 臣莹微言:"凝旒重道,深嘉太上之格言。镂梓迄工,幸毕微臣之素愿。辄僭闻于渊听,用祗答于宸恩。臣惶惧惧惧,顿首顿首。臣窃观《宝藏》之诸经中,有瑶编之大训,本慈悲而救物,爰谆复以诲人。谓善恶感召之由,端类枢机之发。而祸福应验之理,捷于影响之随。

千二百恳恳之辞，亿万载昭昭之诚，然必赖明良之敷阐，乃能率众庶以皈依。恭惟皇帝陛下，垂拱视朝，缉熙典学，讲贯虽专于六籍，搜罗旁及于群书。道访窈冥，继圣祖下风之请；化流清静，迈汉皇当日之规。怡神政事之余，玩意天人之际。将推行而传远，故衷集以加详。羲画丁宁，冠骊珠之八字；甘盘叙赞，擅鸿笔于一家。焕乎，函笈之光；荣矣，簪裳之遇。"

"明良之敷阐"，即指《太上感应篇》；"骊珠之八字"，指宋理宗（1225—1264在位）在《太上感应篇》篇首御书"诸恶莫作，众善奉行"八字。则绍定六年（1233）太一宫道士胡莹微刊印之《太上感应篇》，已包含李昌龄之注。朱越利（1983）《〈太上感应篇〉与北宋末南宋初的道教改革》一文有详细说明。又，据明刻八卷本郑清之序，绍定癸巳孟夏，即绍定六年（1233）孟夏，郑清之为之作序。那么，1233 年八月，胡莹微所进之《太上感应篇》中已有"郑清之赞"，即表中所称"甘盘叙赞，擅鸿笔于一家"。甘盘，殷代高宗武丁时期的贤相，此处指代为本书作叙赞的参知政事兼同知枢密院事郑清之。于是，一个由"感应篇灵验记""李昌龄传""郑清之赞""虚静天师颂"四部分构成的新的版本产生了，并以朝廷钦定本的形式刊行并流布天下。端平二年（1235），理宗朝巨儒真德秀为《太上感应篇》所作跋文亦有"李公注《感应篇》以谕人"（按：李公，即李昌龄）之说，可见李注在当时已有广泛影响。

又，明陶宗仪（2012）《说郛》卷七十三（下）载《乐善录》全文，其中李昌龄自序曰：

> 心者，善之本也。究夫所本，未始不善。不幸富贵利害者汨之，故不善之心由是而生，其间能不失其本者，百无一二焉。是以无富贵、无贫贱，作善者常少，而作不善者常多，无足怪也。然予尝目击世间，积善之士鲜有不终吉者，故《易》曰："积善之家，必有余庆。"又曰："善不积，不足以成名。"噫！圣人之言，岂欺我哉！予少也贱，负笈四方，经历世故，屡尝患难，凡所闻见、践履有益于人，而可补于世者，未尝不积于中，爰摭管见衷集，得若干余事，目曰《积善录》（按：即《乐善录》），皆所言修身积德济物也。愿与天下善士共行之，自王公至于

庶人,咸知积善之为终吉。故言不文,辞不饰,每事直述其旨,要在明道理,达伦类,辨是非,通世务,使贤愚贵贱皆得以洞晓之。或曰:"子之言可谓达理,若更加润色,则尽善矣。"余曰:"不然,本朝文章之盛,超轶汉唐,所不足者节义。区区之见,盖在警世谕俗,利物济人,何以文为?所患其间类逆耳骨鲠之言与世俗违者甚多,未免有毁誉之私。然而公言在我,好恶在彼,吾何容心哉?若夫增广善事,削其繁芜,则有赖于明哲君子。"时淳熙戊戌(按:1178年)冬月序。

张元济(2001)《续古逸丛书》载《乐善录》卷四全文录《太上感应篇》经文,经文前有一段话:

> 余尝读《太上感应篇》,篇中之语皆天府所定世人罪福条目。然世人行事,多只取快一时,不知过后一一皆有罪报。太上所以垂传此篇于世者,正欲世人知所避就也。故近岁周箎以此篇劝化,而立脱饥馑之殃。王公一念愿行,亦获延一十四年之寿。则太上利人之意从可见矣。今附刻于后,使家家藏此书,人人晓此意,则地狱何自而起?篇云……

由此得出李昌龄的基本生平事迹:李昌龄,字伯崇,眉州眉山人,曾祖被称为迎曦先生,天资乐善。淳熙间进士,少贫贱,负笈四方,经历世故,屡尝患难,喜好搜集劝善故事。大多数时间隐居于西蜀夹江一带,有鉴于宋朝文章特盛,而节义不足,故裒辑劝善故事,期望警世谕俗,利物济人。隆兴二年(1164)著《乐善录》十卷,并初刻于蜀中,大约淳熙二年(1175)后又有所增补,再刻于蜀。大约在乾道八年(1172)之后,作《太上感应篇传》八卷。

李昌龄的著述还有《太上感应篇经传》一卷以及《七趣受生录》。今见明刻一卷本作者题名为李昌龄的《太上感应篇经传》,无赞词。其中的《奉行此篇灵验记》仅记峨嵋令奉议郎王湘事和遂宁府周箎事。此本为简注本,国家图书馆有存。另,据李剑国(1997)研究,《七趣受生录》已佚。

郑清之其人其书

郑清之(1176—1251),四明(今浙江宁波)人。曾参与丞相史弥远拥立理宗的定策谋划,废太子竑,拥立理宗,获信任,曾两度拜相。家治小圃曰"安晚",理宗亲书其匾。其思想出入儒释道三家,《宋史》卷四百一十四有传。其生平又见《延祐四明志》卷五、《后村先生大全集》卷一七〇《丞相忠定郑公行状》。今有《郑清之评传》,详细叙述郑清之的生平及思想。

纪昀(2000)总纂《四库全书总目提要》卷一百六十二、集部第十五《安晚堂诗集七卷》(编修王如藻家藏本):"宋郑清之撰。清之初名燮,字文叔,后改今名,字德源。安晚,其别号也。鄞县人,嘉定四年进士。宝庆初,以定策功,累官太傅左丞相,卒,谥忠定。事迹具《宋史》本传。所撰《安晚集》,本六十卷,宋时刊于临安。此本所存,仅第六卷至第十二卷,但有诗而无文,较原目仅十之一。考王士祯《蚕尾集》,有《安晚集跋》,亦称仅古今体诗第六卷至第十二卷,则康熙中已无完本矣。士祯但谓其诗多禅语,而不言其工拙,今观所作,大都直抒性情,于白居易为近。其咏梅咏雪七言歌行二十首,亦颇有可观。且清之为相,擢用正人,时有'小元祐'之号,在南宋中叶犹属良臣。"

元刻八卷本无郑清之序,在明刻八卷本(残,存一册,一、二卷)中却保留了此序。郑清之手书序曰"臣窃观大《易》一书"云云,其中谈到赞词之由来。作为理宗的老师,郑清之曾在讲书之余,向理宗推荐《太上感应篇》,理宗对其中改恶从善、积善成德的教义十分推崇,后遂"赐钱百万,助工墨费"。由太一宫道士胡莹微负责刊印,郑清之为作赞词。然而由于政务繁忙,郑清之迟迟未动笔,后罹患眼疾,想起高迈长明灯事(见"乐人之善"条),始"斋心研思,日裁数章",眼疾也就好了。自绍定五年冬开始,至绍定六年四月赞词撰成,郑清之又为《太上感应篇》作序。绍定六年八月,胡莹微给理宗上《进太上感应篇表》并已刊就的《太上感应篇》。

《宋集珍本丛刊》载《安晚堂集》卷六《默坐偶成》之一:"恒河见水老如

新,此见云何别妄真。心本佛心须作佛,境皆尘境莫随尘。空中花果浮生眼,梦里悲欢现在身。万事卢胡吃茶去,不知谁主更谁宾。"又,《有感》:"子思问学惟诚意,孟氏工夫只反身。定慧妙明何处觅,要知儒释共天尊。"郑清之学问精研三家,《太上感应篇传》赞词中博采儒释道三家精华思想,评断极为精当,与《太上感应篇》出入三家的精神气质相得益彰,显示了非常深厚的思想基础。

《太上感应篇传》的主要内容和学术价值

《太上感应篇》是中国历史上出现的第一部劝善书,因其流播广泛、影响深远而被誉为"善书之祖"。《太上感应篇传》更是包含着丰富的伦理思想,其范围涉及家庭、社会、经济、政治、宗教等方面,值得深入而全面地探讨。

《太上感应篇》大概是北宋末或南宋初,由于当时思想界、宗教界中儒释道三教融合的思想潮流的影响,某一儒者出于宣传社会道德而编辑成书的。俞樾(2012)在《太上感应篇缵义》中说:"此篇虽道家之书,而实不悖于儒家之旨。"惠栋(1983)从儒家角度去诠释,作《太上感应篇笺注》。序中认为,道家之说也是"圣人之徒",其求仙也是"反而求之忠孝友悌仁信之间"。顺此继续分析,即《太上感应篇》的特色是对旧道经的改造,具体从三个方面考察:第一,把宗教活动化为世俗生活,即一切宇宙人生的实践都被囊括在宗教情境中,涵盖了所有伦理、政治、宗教等领域。第二,突出三教共同的通俗化的宗教思想,即善恶报应。经文开头总起即为"太上曰:祸福无门,惟人自召。善恶之报,如影随形"。第三,儒道佛三教结合,道从属于儒。传文中也常言"吾儒",可证此理不虚。"李昌龄传"也严格按照三教融合的逻辑进行解读,而"郑清之赞"也同样体现这个原则。

举例来说,如"是道则进,非道则退"一节,《太上感应篇传》载"李昌龄传"曰:

> 道之为说,见于诸书者,其说甚多。然晓而易见者,无若《中庸》之说之为著明也。《中庸》曰:"天命之谓性,率性之谓道。"大抵性也

者,道之体也。道也者,性之用也。人欲未起之前,湛然方寸,即性之天也,道之体也。人于日用间能自率性,不为人欲所移,即性之用也,道之体也。今日用之间,语默动静,岂非道乎。是故孔子曰:"何莫由斯道也?"行而是,道也;行而非,非道也。可行则行,可止则止,即太上所谓进退也。第人不能率性,常使如人欲未起之前,所以倒行逆施,以是为非,以非为是;当进而退,当退而进也。

此处,"李昌龄传"非常推崇儒家经典《中庸》所谓"道",又引孔子"何莫由斯道也",证明人要从道而行。概而言之,与经文相应,"李昌龄传"中忠孝伦常部分主要取自儒家,十善恶业部分取自佛家,其齐物畏神部分来自道教。

虽然"李昌龄传"被列入《道藏》,但是也有学者认为,李传具有儒家本位。故文中多举其前代,尤其是北宋一朝君臣故事,寇莱公、欧阳文忠公、范文正公、李昉等的大名时时可见,绘制了一幅北宋名臣贤相良将孝悌忠信、慈悲救物、善有善报、奸臣恶相遭遇恶报的官场图谱,又可以称为一幅"官箴图",为天下为官者提供了有益的借鉴。这也是理宗朝大力提倡此书的根本原因。另外,又杂采道佛成仙成佛之说、因果轮回、地狱罪报故事,给人以鼓励和警告,保存了南宋以前的众多报应故事,是一部善恶报应故事集。自李传以朝廷刊本发行,其时宗工巨儒争相传播,从此开始了一条以《太上感应篇》传刻、赞序与传注为主线的善书发展线索,至清尤盛。

"李昌龄传"不惟学术价值很高,而且在人生实修方面也颇具指导意义,而后者更加重要。《太上感应篇》列出善行共二十六条,恶行却有一百七十条,"李昌龄传"依样阐释,表达了十分强烈的实践意愿。《道藏》载元人冯梦周(1988)序谓李注:"出入三教,网罗百家,因事引类,旁引曲证,孜孜劝人为善之意也。"李传书卷纷披,尤其娴于三巴四蜀掌故,深契于人心,故传者不绝。根据王利器统计,自帝王至道教领袖、大儒文人,传播《太上感应篇》的有三十七家。这还仅是经目中所见部分,其余道士儒生津津乐道者,数量惊人。

版本简述

胡莹微刊刻是传时即为八卷本。宋赵希弁（2011）《郡斋读书附志》"神仙类"有："《太上感应篇》八卷"。又据张元济（2003）《涵芬楼烬余书录》"太上感应篇残四卷"条记：

> 《太上感应篇》残四卷，宋李昌龄撰，宋刊本，四册。首行题"太上感应篇卷第几"，次行题"西蜀李昌龄传"，三行题"四明郑清之赞"。半叶十二行，行二十一字。经文顶格，传低一格，赞低二格。语涉宋帝，均空格。宋讳避"贞""勗""构"三字。"传曰""赞曰"均黑地白文。余如帝王国主、朝代、年号、国名、人名、地名，引用书名、篇名，彼教所奉天帝、教尊、经典，一切神祇鬼物，旁及释氏相等之名称，均一一以黑白文别之。明正统《道藏》列入太清部。首载绍定六年八月右街鉴义主管教门公事太一宫焚修胡微莹（按："胡微莹"乃"胡莹微"之误）《刊成上进表》文，表称"御题《太上感应篇》八卷"。赵希弁《读书附志》题"汉嘉夹江隐者李昌龄编"，亦作八卷。正与是本合。《道藏》本文并无增益，而卷数则廓为三十二（按："三十二"乃"三十"之误。），殆后人所析，非原书编次也。十余年前，得之京师塌肆，阙前四卷。肆中人谓"自内阁大库散出"云。

可惜宋本今已了无踪影。今见李昌龄《太上感应篇传》的版本有元刻八卷本、明刻一卷本、明刻八卷郑清之作序本、《道藏》三十卷本等。

（一）北京图书馆藏元刻《太上感应篇》八卷本，〔宋〕李昌龄传，〔宋〕郑清之赞（以下简称"元甲本"或"底本"）

2005年，北京图书馆出版社《中华再造善本·金元编·子部》据以影印出版。此本题"空同体玄子重刊"字样，刻工精美。然而刻者具体为谁，何时刊刻，都无从寻绎。从避讳来看,如"恒",末笔缺笔,当避宋钦宗赵桓讳。祖本应为宋本。然而,与《道藏》本相校,此本共有两处严重缺版:一为卷三开头"刚强不仁"至"向背乖宜"条中"人皆为公缩头,公则不问,若二公者,其"共缺1589字。一为卷四"逞志作威"条中"等因奏其状"至本卷末尾"一语之贼"共缺1456字。两处共缺失3045字。另外,文中也有多处漫漶不清或缺字的地方,皆需要依据其他版本给予补足。

(二)《道藏》本《太上感应篇》[①]

即《正统道藏》本。三十卷。李昌龄《太上感应篇传》在"义"字部。今见1987年上海书店、文物出版社、天津古籍出版社共同协作,据涵芬楼影印《道藏》的本子。明代正统、万历所刻《道藏》和《续道藏》是于今《道藏》全书的唯一传本。1923年至1926年,上海涵芬楼借用北京白云观所藏正、万《道藏》《续道藏》影印。此版本内容完整,正可以补底本所缺。《道藏》本的另外一大贡献是保存了大量宋元时期的序跋,《道藏》本不见封面页,由《进太上感应篇表》、众多序跋、纪述灵验与正文共五部分构成。

(三)元何士清募刻八卷本《太上感应篇》(以下简称"元乙本")

此为元代何士清于元贞二年(1296)募刻,国家图书馆藏,残,仅存三、四、七、八卷,且各卷上部又多有残缺。残缺处在参校时就不一一对应描述,只就可见文字与底本参校。第八卷末有"元贞丙申(1296)中元无诤居士何士清跋"字样,跋文有残缺。此本与元甲本相似程度高,应出自同一底本。

(四)国家图书馆藏明八卷残本《太上感应篇》

原件标为元代刻本,然古籍善本阅览室解答为明刻本,研究者也均称明本,应为明本。残,存一册,一、二卷,且每版的底部几乎每行又严重残缺,故残缺处在参校时就不一一对应描述,只就可见文字与底本参校。与元甲本不同处在于:此版本有句读,并且给一些难字做了注音和简单释义。文字极为精当,少

---

① 《道藏》本:现存明版《正统道藏》,是我国现存的唯一官修《道藏》。李昌龄《太上感应篇传》在"义"字部。1923—1926年,上海商务印书馆借用北京白云观所藏明刊《正统道藏》,以涵芬楼名义影印,今称涵芬楼《道藏》。

有错误，与元甲本相似程度甚高，很有参考价值。且避讳相同，如"恒"，同样末笔缺笔，当避宋钦宗赵桓讳。此本前有参知政事郑清之序，为手书字体，尤为宝贵。后接理宗御书即《道藏》本所见胡荧微《进太上感应篇表》中所谓"骊珠之八字"："诸恶莫作，众善奉行。"下面是八卷的详细目录，此为他本所无。

（五）《中华道藏》本《太上感应篇》三十卷

《中华道藏》，2004 年华夏出版社出版。其编纂是继明代《道藏》之后，近五百年来中国首次对道教经书进行系统规范的整理重修，被列入"十一五"国家重点图书出版规划项目，于 2004 年出版发行了精装版。此本不属于古本，但它以《道藏》本为蓝本进行点校，为阅读带来方便。遗憾的是，此本在古本支持下进行的校勘不足，学者撰文多有指出，《太上感应篇》三十卷同样谬误不少。至于其标点错漏处，容后专文讨论。

（六）明刻一卷本，题为《太上感应篇经传》

国家图书馆藏徐乃昌（1868—1943）藏书，作者栏题为"西蜀李昌龄传注"，为《太上感应篇》传的简本，无郑清之赞词。较明八卷本刊刻时间稍晚，为正统十年刊刻，前有乡贡进士长乐李达叙。李达，字叔仁，明成祖永乐年间状元李骐之孙，经魁，曾为福建无为学正。此本为简本。

（七）近得台湾图书馆藏明万历乙末（二十三年，1595）内府刊本《太上感应篇》八卷本，李昌龄传，郑清之赞，此本还包括[明]陈南宾序、[明]沈佐跋、明世宗御制序，亦弥足珍贵。

目前所见标点本有《中华道藏》本以及几年前出版的《太上感应篇集释》（中央编译出版社 2016 年版）。二者皆未使用善本进行校勘，标点也差强人意。在这个课题中，还有很多工作要做。目前，海外版本尚未得到，关于李昌龄《太上感应篇传》的版本研究还有不少工作要做。

结　语

　　近二十多年来,随着传统文化的复兴潮流,特别是国家层面的大力弘扬,古老的国学经典焕发生机。《太上感应篇》等善书及其解读本也随之大受欢迎。如清代黄正元《太上感应篇图说》,今有新的文白对照版更方便阅读,共一百二十五万字,搜罗了比李昌龄《太上感应篇传》更多的善恶感应故事。释净空《太上感应篇讲记》流传甚广,几乎曾经掀起了一个民间接受的高潮。再如刘余莉《活学活用——〈太上感应篇〉》、蔡礼旭《感应篇四十九讲》等,也都吸引了众多爱好者。然而针对李昌龄《太上感应篇传》的深入全面研究和传播却非常鲜见,这与它的历史地位颇不相称,而且学院派对佛教界、道教界围绕《太上感应篇》的传播不太重视。原因有很多,其中主要是因为《太上感应篇》的整理本尤其是单行本不易得。李昌龄《太上感应篇传》的整理工作已经结束,对其进行诠释是笔者今后要着力的方向。

┃参考文献┃

[1]　丁岚. 李昌龄《乐善录》研究 [D]. 成都:西南交通大学,2012.

[2]　惠栋. 太上感应篇笺注 [M]. 京都:中文出版社,1983.

[3]　纪昀. 四库全书总目提要 [M]. 石家庄:河北人民出版社,2000.

[4]　李剑国. 宋代志怪传奇叙录 [M]. 天津:南开大学出版社,1997.

[5]　李一氓. 道藏(第二十七册)[M]. 北京,上海,天津:文物出版社、上海书店、天津古籍出版社联合出版,1988.

[6]　李昌龄. 太上感应篇传 [M]. 明万历乙未(1595)年内府刊本.

[7]　任继愈. 道藏提要 [M]. 北京:中国社会科学出版社,1991.

[8]　四川大学古籍研究所. 宋集珍本丛刊(第七十五册)[M]. 北京:线装书局,2004.

[9] 陶宗仪. 说郛三种（六）[M]. 上海：上海古籍出版社，2012.

[10] 王利器.《太上感应篇》解题 [J]. 中国道教，1989（4）：11.

[11] 俞樾. 太上感应篇缵义 [M]. 上海：华东师范大学出版社，2012.

[12] 朱越利.《太上感应篇》与北宋末南宋初的道教改革 [J]. 世界宗教研究，1983（4）：81-94.

[13] 张元济. 涵芬楼烬余书录 [M]// 张人凤. 张元济古籍书目序跋汇编（中册）. 北京：商务印书馆，2003：645.

[14] 张元济. 续古逸丛书（子部）[M]. 南京：江苏古籍出版社，2001.

[15] 赵希弁. 郡斋读书附志 [M]// 晁公武. 郡斋读书志校证（下）. 上海：上海古籍出版社，2011.

| 作者简介 |

焦绪霞，青岛大学文学与新闻传播学院讲师，研究方向为中国古代文学与文化。

《白兔记》俗性特征分析

杨宝春

摘　要:南戏是最早在南宋永嘉兴起的大众的、区域的、流行的戏剧艺术形态。它的草根性决定了它从选材、编排、表演等方面流溢出浓郁的民间特色和独有的民间文化气息,体现出显著的平民价值观念与审美趣味。《白兔记》是南戏的代表作品之一,在明代不断被改编、排演。现今所见的各个明改本中虽雅俗兼具,但俗性特征更加突出,其通俗性表现在戏的俗场、俗段、俗语、俗习等方面。同时,它还充满传奇色彩,注重人情的冷暖,强调道德人伦的是非判断,张扬善恶必报的道德观念。从这里能够品读到它所富有的生活情趣和贴近平民的演剧风格。

关键词:南戏;《白兔记》;俗性特征

南戏是民间的、大众的、区域的流行文艺,它的草根性决定了它从选材、编排、表演等方面流溢出浓郁的民间特色和特有的民间文化气息,体现出了平民的价值观念与审美趣味。《白兔记》是南戏的代表作品之一,徐宏图(2006)说它"是民间艺人世代累积型的集体创作,在长期流传过程中,经过无数次的演出、改编而逐步成型的"。今存《白兔记》[1]虽已是明人改写本,但它在文辞、体例、表演等方面都保留了早期南戏的许多特征,尤其是俗性特征。俗场、俗段、俗语、俗习等是《白兔记》通俗性的主要表现。它的俗性特征就如剧中出现的瓜棚、磨地、井边,与乡民的生活非常贴近,观赏场上演出、品读案头剧本都会让人感受到一种亲切的乡情。戏中除了打、斗动作表演之外,还有一些言语相争的斗嘴表演。如果角色双方掌握好节奏、语气、快慢、高低等,言语相争的斗嘴表演会富有趣味性。观众不仅能看到净、丑等角色表演的精彩之处,也能够品读到它所富有的生活情趣和贴近平民的观赏风格。

风趣性与生活味相融的俗场、俗段戏

在中国传统戏中,因为剧情发展的需要,为了演剧的场上效果,往往会有一些俗场、俗段戏。相对于元杂剧,这种现象在明清的戏剧中更为多见,即使是在以生旦为主中的爱情戏中也不少见。《白兔记》是早期南戏的传本,并一直在民间演出、传承,它的俗场、俗段自然更多。

俗场、俗段戏不一定都属于净、丑戏,但场上的主角大多是净、丑,这能给观众带来非常多的观赏趣味。黄天骥(2005:85)认为:"在传统戏曲里,'丑',往往是最惹人注目受人喜爱的角色。他那鼻子涂白的滑稽扮相,耸肩抬腿的夸张身段,机灵古怪的幽默对白,总令人忍俊不禁。他是一个浑身充满喜剧性的舞台角色。"戏中的净、丑一般是身份低微或有某些明显缺点的小人物,他们在剧中以逗趣为主,而不是推动剧情发展。这些趣味多是通过他们的言行表现的,而他们的言行又与其自私等某些缺点密切关联。

《白兔记》中净、丑都是剧中重要角色,净、丑为主的俗场、俗段戏是剧中的重要出目。《白兔记》共三十三出,剧情虽以生、旦戏为主线,但"访友""报社"

---

① 现今可见的相对完整的明改本《白兔记》主要有风月锦囊本、成化本、富春堂本、汲古阁本等,本文以毛晋编《六十种曲》第11册《白兔记》(中华书局1958年版)为依据,该本以汲古阁本《白兔记》为底本。

"祭赛""牧牛""成婚""私会""团圆"等二十三出都有净、丑。戏中共有报社人、道士、庙官、李洪一、礼人、王旺等十位净角,有史弘肇之妻、春儿、李洪一妻、僧人、张兴、酒店女店主、牧童等九位丑角,净、丑角色、戏份之多,在元杂剧和明传奇中是很少见的。其中第十五出"投军"与第十八出"拷问"中的王旺、张兴还互换了净、丑角色。这种角色互换,可能是因为编排者、表演者的粗心大意;也可能是因为净、丑之间的差异不大,场上作用相近,如王旺、张兴都是军中小卒;这种现象在元杂剧和明传奇中也不多见。《白兔记》十几位净、丑中,除了李洪一妻子让人感觉到丑中显恶之外,其他的净、丑角色多是普通的下层劳动者。九位丑角中以女性居多,虽丑不恶,其中酒店女店主还很有是非观和同情心。

《白兔记》中的俗场、俗段戏主要以热闹场面为主,多是民间特殊的社俗活动,有意展现了一些与传统的民间生活息息相关的风俗习惯,如岁时节庆、民间信仰、婚庆宴会、丧葬道场。这些生活习俗渗透在百姓的生活之中,通过观众所熟知的文化元素构建出他们所乐于感受的生活画面,成为民间文化的重要组成。这样的俗场、俗段戏在戏中不是为了推动情节的发展,而是用以展示生活的某一场景,是了解传统风俗民情的一个重要途径。第三出"报社"的前半部分为李文奎一家赏春,后半部分为社戏演出。毛晋(1958)编《六十种曲》本《白兔记》载:"(净)今年齐整。跳鬼判的,踹跷的,做百戏的,不能尽述。我们演与太公看。【插花三台令】(众舞)打和鼓乔妆三教,舞狮豹间着大旗。小二哥敲罗击鼓,使牛儿萧笛乱吹。浪猪娘先呈百戏,驷马勒妆神跳鬼。牛筋引鼠哥一队,忙行走竹马似飞。〔舞下,外、老旦、旦〕【尾声】答还心愿皆如意。果然是人欢神喜。祭赛鸣王。平安过四时。〔外〕福礼三牲要志诚。〔老旦〕祭赛鸣王果是灵。〔旦〕凡事劝人休碌碌。〔众〕举头三尺有神明。"这是戏中戏,演社戏时的情况。关于民间每年轮流主办"社会"的制度、社主的责任义务、"社会"的程序及内容等在剧本里编排得非常具体。戏中小二哥、舞狮豹的、跳鬼判的、踹跷的、做百戏的各呈其才,非常热闹,演员们的精彩表演则会给观众呈现一幅幅非常热闹又富有社会意义的乡村民俗活动图景。这丰富了剧场效应,一定很有看头。这样的戏是吸引观众的好机会,其参与演出的人员会更多,演员的表演更要呈现出各自的绝活,这对于戏剧班社的要求就会更高。第四出"祭赛",通过请神、通诚、打笑、散福等表演把马鸣王庙中传统的祭赛活动场景像风俗画一样展现在观众面前,这些社俗传统又融入一系列有趣的表演之中。第七出"成婚"和第九出"保襁"中,婚庆礼人与李洪一妻的对戏、李洪一夫妻与长老间的对戏都是闹场戏,也都是俗场戏。

俗场、俗段戏往往是更具有民间生活化的细节、段落。第三十二出"私会"中,牧童丢失了牛,他故意把李三娘的水桶藏起来。李洪一夫妻要状告刘智远,他们却先自己扮演原告与被告。这些细节性的戏段都非常贴近平民生活,观众特别熟悉,拉进了与观众的距离,增加了剧中的生活气息,增添了看戏的乐趣。

在净、丑为主的俗场、俗段戏之外,《白兔记》中的生、旦戏同样富有民间特色。戏中的李三娘是一位身上带有浓郁民间色彩的乡村女子,为普通平民所喜爱。她勤劳善良,对情感执着,又甘于奉献。她忍辱负重,饱受兄嫂欺负却又能宽仁待人。刘智远后来虽做了皇帝,但他早期近于流浪汉的身世,他身上反复出现的异常现象,因特种原因而得以晋升的不同机会,都富有传奇性和民间色彩。李三娘、刘智远的故事虽然依据于五代史的相关记载,但在戏中更多的是从平民视角来编排演绎的。

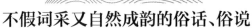

不假词采又自然成韵的俗话、俗说

徐渭的《南词叙录》是明代关于南戏起源、历史演变、构成、特点等多方面研究较为系统的文献,对于了解宋元明的南戏发展非常有价值。在论及南戏的文辞上时,徐渭(1989)认为其"语多鄙下",在音乐上为随心令,是"村坊小曲而为之,本无宫调,亦罕节奏,徒取其畸农、市女顺口可歌而已"。鄙下之语、随心令之曲,这些是早期南戏的词曲特点。南戏的改编本《白兔记》虽然经过艺人、文人的一改再改,但其词曲中的"鄙下"痕迹始终都很明显,这种"鄙下"即为其俗性表现,且成为其语言、音乐方面突出的特色。

《白兔记》"鄙下"的文词在戏中几乎随处可见,其中俗话、俗说可以算是其代表。俗话、俗说的大量使用不是编剧者、表演者有意要追求言语的低俗,而是因为他们延续了南戏创作、演出的传统,以贴近畸农、市女的生活为出发点,以民众喜闻乐见的故事为主要剧情,以近于生活化、口语化的语言为主要载体。

这样就使戏中的语言具有了古朴、自然、生活化的特点。吕天成(1959)在《曲品》中把《白兔记》与《琵琶记》《荆钗记》并列,列入"能品一",认为其独特之处"然断非今人所能作",这独特就在于"词极古质,味亦恬然,古色可挹取。""古质""古色"强调的是《白兔记》与早期南戏之间的血脉关系,肯定的是其文词上的纯净、质朴、本色。"味亦恬然"指出了其文词虽古朴、通俗甚至近于口语但却淡而有味。《白兔记》中很多俗话、俗说具有丰富生动的生活气息,使该戏的语言通俗化与地方性特点非常明显。第二出"访友"中,刘智远来到好友家中喝酒,史弘肇的妻子见到刘智远时说:"(丑)刘伯伯,多时不见,吃得这般脸儿红丢丢的,好像个老猴孙屁股。"这里用"老猴孙屁股"形容酒后红丢丢的脸儿,非常恰当。语出史弘肇妻子之口,又合乎人物的身份。第二十四出"见儿"中刘智远入赘岳府,过着锦衣玉食的日子,当他想起家中李三娘时心中有些不安,他唱道:"刘智远自赘岳府,朝朝寒食,夜夜元宵,竟不知恩妻李三娘信息如何?一似和针吞却线,刺人肠肚系人心。""和针吞却线""刺人肠肚系人心",这比喻非常形象,又贴近百姓生活,易懂易接受。第三十一出"诉猎"中咬脐遇到李三娘,三娘对咬脐讲述自己的身世,咬脐得知她的丈夫、孩子与自己的父亲、自己同名同姓时,感到奇怪和意外。这是一种巧合,似乎与自己无关,但他更预感又有某种必然性,似乎与自己有关。"柳荫枝下一佳人,夫婿孩儿同姓名。好似和针吞却线,刺人肠肚系人心。"形容咬脐此时的心情,戏中又用了"和针吞却线"这一比喻,道出了咬脐的矛盾、牵挂、不安。常言道母子连心,咬脐的这种心理反应是自然的,应该有一定的心理依据,也更符合观众的心理需求。咬脐郎遇到李三娘与刘智远想到李三娘是不同的情境,但用了相同的比喻,也正说明他们父子对李三娘的情感是相同相通的。"和针吞却线"这一比喻的重复使用,看似无意,却正见出有意来。第二十四出"见儿"中,窦公得知刘智远再婚岳府时说:"(净)刘官人,石灰布袋,处处有迹。"窦公话里有话,但却用这样一个生活化的比喻含蓄地批评了刘智远处处留情、不顾在家苦苦守候的妻子。第三十一出"忆母",咬脐得知李三娘是自己的亲娘后,他不再认岳夫人为亲生娘。岳夫人张口连着骂咬脐"畜生"。"畜生"是普通民众骂人的口头语,这显然不合岳夫人的身份,但却是畸农、市女生活可能出现的用语。第三十二出"私会",李洪一遇到身着旧装私下回去的刘智远,他以为刘仍然很落魄,便讽刺刘智远:"(净)修网巾的出牌额,照旧。去时穿这件衣服,如今原是这件衣服。"这里用的歇后语，使戏中人物的语言更加具有地方特色。同出戏中，当李洪一与刘智远打起来，李感觉自己被打，便叫上自己的妻子来助战，结果他们夫妻之间又互相乱打一通，这时李洪一说："（净）那个？早说便好。早是你说了，鹅鸡嘴都打尖了。""鹅鸡嘴都打尖了"这样的语言既通俗，又生动有趣，更有生活味道。

戏中故意打岔逗趣，是俗话、俗说的一种方式，是一种增加语言风趣且行之有效的方法。《白兔记》中就有多处故意打岔的地方。第三出"报社"："见了大婆。（净）三钱一只。（末）怎的说？（净）大鹅。（末）不是。是大婆。（净）嗄，大婆稽首。（末）见了三娘。（净）五钱一只。（末）怎的说？（净）你说是山羊。"第二十出"分娩"："（旦）夜来生下一个小厮。（净）虱来押杀了。"第三十二出"私会"："（旦下。丑哭介。生上）路途不平，傍人减削。牧童。（丑）甘草木通。（生）那个打了你哭？"这里"大鹅"与"大婆"、"三娘"与"三羊"、"木桶"与"牧童"都是有意利用近音或谐音来打岔，造成语言表达上的误解。

正话反说，使语言富有讽刺趣味。第九出"保禳"中，李洪一在父母有病时，不去给父母求医问药，反而还希望父母早点死去。他请和尚保禳，咒父母死亡。"（末）你父母有病，不去保禳保禳。（净）叔叔，我与他没相干。（末）怎么你没相干？（净）自从他养下来，我如今成人长大了，我与他没相干。""（净）我父母有病，若咒得死他，重重相谢。（丑）大官人这等孝心。""爹娘死了？我便为家长。赶出刘郎，心儿里快活帐。"这出戏里，在与和尚的对话中，李洪一的自私、不孝、无情表现得淋漓尽致。和尚说他"这等孝心"最具讽刺和批判意义了。该出戏中李三娘唱【一枝花】，哭述父母病情和自己的痛心时，她唱道："焚香顶礼，拜告天和地。爹娘一病甚尫羸，交我双垂泪。"李洪一在旁边却说道："你看人家养女儿何用？父母病哭倒不哭，唱将山来。"在父母生病时，身为人子的李洪一不但不积极为父母请医看病，还适得其反，诅咒父母。"养女儿何用"这一问题出自李洪一之口，这就更具讽刺性。这里，又从戏里跳到了戏外，把戏里与戏外连接起来，打破场上与场下界限，这也是传统戏剧舞台上偶尔见到的情况，不仅增加了观众的亲近感，更增加了场上观赏效果。

对于《白兔记》语言中的俗性特征，尤其是其较多的俗话、俗说等历来学者或戏剧家有不同的态度和评价，有的是从戏剧发展史的角度看到其民间性特点而加以肯定，有的则从文人雅士追求高雅、力避浅俗的角度而严加批评和否定。梁廷枏（1959）《曲话》卷二说：“《荆》《刘》《拜》《杀》，曲文俚俗不堪。”
陈多（2001）说：“‘成本’的人物以带有农村泥土气息的鄙野气质为主。……
‘成本’的曲白使用的是普通老百姓的口头语言，不仅极少用典，甚至连书面语
言也不大用。这和多数传奇作品有很大不同。……‘成本’的曲词基本都被
‘汲本’采纳，有的学者曾斥‘汲本’的语言为‘便鄙腐俗’，‘读之几令人欲呕’
（吴梅先生语），其实指的应就是这一部分。”《白兔记》中“鄙野气质”的人物、
“俚俗不堪”“令人欲呕”的曲文也许会让梁廷枏、吴梅等追求雅趣的文人感
到无法接受，但其所带有的农村泥土气息不仅为当时的观众所喜爱，也能让后
来的研究者看到其根于民间的属性和多用俗语的特点。祁彪佳（1959）在《远
山堂曲品》中把《白兔记》的改编本《咬脐》列入“具品”，在《咬脐》与《白兔
记》的比较中指出《咬脐》为“别设科目”，《白兔记》“乃彼即口头俗语，自然雅
致”。口头俗语又自然雅致，雅俗兼具，俗而不俗，俗中有雅，这应该是对《白兔
记》中俗性语言应用的最合适的评价了。黄文旸（1992）《曲海总目提要》中认
为“荆、刘、拜、杀”高压群流，赢得了李开先、王世贞等曲学家们的普遍欢迎，
“盖以其指事道情，能与人说话相似。不假词采绚饰，自然成韵。”“与人说话相
似”是指剧中的口语化特征比较突出。与梁廷枏、吴梅等人相比，祁彪佳、黄文
旸、陈多等在评价《白兔记》的语言特点时能够于俗中见雅，他们肯定了《白兔
记》中俗话、俗说的口头化的特点和价值。

　　《白兔记》的剧本中存在一些俗字甚至错别字，这种现象在民间传抄、演出
本中是非常普遍的。第十六出“强逼”：“那有休书，谁敢米（询）问？你如何交（叫）
奴交（叫）奴再嫁人？”第二十八出“汲水”：“奴元（原）是李家，李家嫡亲儿女，
今为奴婢。”“交（叫）奴展转展转越添憔悴，如何得睡？”第三十一出《忆母》：
“继母堂前多快乐，却交（叫）亲母受孤栖。”“蓬头跣足身落薄，却元（原）来亲娘
生母。”第三十二出“私会”：“止（只）望你，身显迹，又谁知，恁狼狈。”“查问起，
到（倒）是我穿在身上。”这里主要是用同音或近音字相借，属于错别字范围。
错别字这类问题的出现是由于民间演出、传抄本往往多出自民间艺人之手，他
们一般识字能力较低，又不太在意文本文词的准确性，而只注意念唱时语音的
相近性。在汲古阁本《白兔记》中这样的错别字已经少了很多了，在成化本中
就更为常见。如《成化新编刘知远还乡白兔记》载其开场戏这一段中，错别字
就不少：

今日利(戻)家子弟,搬演一本传奇,不插科,不打问(浑)不为(谓)之传奇。倘或中间字籍(迹)差讹,马(抹)音寺(夺)字,香(乡)谈别字,其腔列调中间有同名同字,万望众位做一床锦被遮盖。天色非早,而即晚了也。不须多道撒(散)说,"借问后行子弟,戏文搬下不曾?""搬下多时了也。""计(既)然搬下,搬的那本传奇,何家故事?""搬的是《李三娘麻地捧印、刘智远衣锦还乡白兔记》。""好本传奇!这本传奇亏了谁?""亏了永嘉书会才人在灯窗之下,磨得墨浓,斩(蘸)得笔饱,编成此一本上等孝义故事,果为是千度看来千度好,一番搬演一番新。""不须多道散说,我将正传家门念过一遍,便见戏文大义。"

这段话不仅例证了民间演出的戏剧台本中错别字常见,还指出了"中间字籍(迹)差讹,马(抹)音寺(夺)字,香(乡)谈别字"等出现错别字的原因。更为有趣的是它承认自身的这种小问题,却并不以字迹差讹、抹音夺字、乡谈别字为问题。因为那些演戏的民间艺人识字都不多,读书更少,他们演戏主要是演人物、演故事、演是非对错的人伦关系。王骥德(1983)说:"剧戏之行与不行,良有其故。庸下优人,遇文人之作,不惟不晓,亦不易入口。村俗戏本,正与其见识不相上下,又鄙猥之曲,可令不识字人口授而得,故争相演习,以适从其便。以是知过施文彩,以供案头之积,亦非计也。"那些看戏的普通民众大多也没有接受过文化教育,欣赏能力和欣赏要求也具有相对的特定性,只要戏中的故事感人、故事中有自己熟悉的生活、道理清楚、善恶分明,他们都喜欢看。至于戏里台词中的错别字等,可以被默认,或者可以忽略不计,或者压根儿就没有被识别。这种现象的存在正是中国古代戏剧民间性、通俗性的一个明显印记。

夸张又有趣的场上搬演

戏剧是表演艺术,观众所喜闻乐见的也正是舞台上的精彩表演。传统戏剧舞台上,为了引发观众的兴趣,在表演上会下很大功夫。但真正的表演艺术是在规定情景下的时空艺术,它具有当下性、即时性,并超越了语言文字的承载。因此,被传抄留存的各个戏剧剧本,虽然保留了戏剧作品的念白、唱词以及一些科介,但表演时的实际状况却无法被记载,更难被传承。即使如此,我们仍然能从剧本的有限科介中推知舞台表演时的大致情况。

在民间喜爱的舞台本《白兔记》中,可以看到其富有夸张性、非常有趣的舞台表演。这些夸张又有趣的场上搬演不仅增加了整个观赏的趣味性,更因其独有的生活气息而赢得观众的普遍喜爱。第九出"保禳":"(净)怎么好?只得省些鼻涕和在里面,碧长老吃面。(丑)怎么这样糊涂面。(净)是这等的。(丑跌倒介。净)不要慌,待我耍他一耍。"第十一出"说计":"(生作醉介)叫三姐,三姐。(旦)官人,那里吃得这等大醉?"第三十一出"忆母":"(小生哭倒介。生)夫人快来!"第三十二出"私会":"(丢桶介。旦倒,生扶介)。"这些戏出中人物的跌倒、醉酒、哭倒、倒地等动作,在舞台上表演时的动作幅度都会大于实际生活中动作,具有明显的夸张性。这样做,不仅是为了让观众看得更清楚,更是为了突出某一特定情景下人物的特有反应,表现人物的特殊性格。

相同相近的动作,因人不同、因情景不同其表演方式肯定不同,同中见异,在对比与反差之间表演效果也一定有别。《白兔记》中有多次下跪、躲藏、相见、打闹等动作,如"躲介"共有四次。第一次"躲介"在第四出"祭赛"中,刘智远打算偷取祭祀活动的福礼用以充饥,这时恰好李文奎夫妇到来,刘智远不得不躲在供桌底下。第二次"躲介"在第十二出"看瓜"中,刘智远打败瓜神后得到刀甲、头盔、兵书、宝剑,并埋藏起来以备将来好用,这时李三娘到来,刘智远想听听此时李三娘会说什么,就故意"躲介"。第三次"躲介"在第十七出"巡更"中,刘智远巡更在半夜,此时风急雪大,刘智远为了躲避严寒,找到了跨街楼下躲了起来。第四次"躲介"在第二十二出"送子"中,窦公受李三之托前往磨房看望李三娘,这时李洪一的妻子在房内絮絮叨叨,窦公怕再惹出是非而让三娘受委屈,只好躲藏在僻处。戏中的"跪介"有九处之多,不同情境下人物的下跪动作自然不同,可赏之处也自会不同。

"不插科,不打诨,不谓之传奇。"插科打诨是中国传统戏剧表演中必不可少的部分,它可以逗笑娱乐,增加场上观赏效果,引起观众的看戏兴趣。它还通过语言、行动再现了生活细节。孙书磊(2006)说:"《白兔记》浓厚的民间文艺色彩不仅表现为语言的质朴,刻画人物、编排情节的生动,也不仅表现为刘智远始终笼罩在神秘乃至神圣的光环下,而且剧情充满了古代农村淳朴的生活气息和戏剧表演性。"《白兔记》剧中净、丑角色很多,净、丑的戏段不少,净、丑的戏段中总少不了插科打诨。这么多的插科打诨虽然是为了舞台效果,也是其民间属性的一个很好例证。

《白兔记》"诨""诨介"情况如下。第二出"访友":"(小生)哎!诨不过三。哥哥且请坐。"第九出"保禳":"(净诨介。丑)法水在此,不要换手,不许回头。"第十一出"说计":"(生)醉了,不吃了。(净诨介)。"第十九出"挨磨":"(丑诨介。旦)嫂嫂请歇息。"第三十出"诉猎":"(净众诨介)天下有同名同姓者多,羞他羞他。""(丑诨介。小生)也羞他一羞。"第三十二出"私会":"(丑诨下。生叫介。旦上)魃风骤雨,不入寡妇之门。""李洪一夫妻间打斗、演戏。(净、丑诨打介)""牙齿打佐一把骨,鼻子打做两个窟弄。老爷墙头上施行。(诨介。下)""诨""诨介"可以在净、丑之间,也可以在生、丑之间,也可以在旦、丑之间。"诨""诨介"有诨做、诨话、诨打。如何诨、诨的方法、做法、分寸等,剧本中不需要写出,也不便写出,只能是当时当地最流行的最容易理解的诨做、诨话了。这一般是演员根据剧情和角色的身份及当场气氛即兴表演,要求净、丑等这些戏剧演员表演中必须有幽默感、滑稽性,一个动作、一句玩笑、一句诨话逗得满场大笑。"诨""诨介"要求俗,但又不能太低俗。

打、斗是戏剧舞台上闹场戏的重要构成,它能够有效调节戏场的场面效果,可以在生、旦大段演唱之间,增添一些轻松愉快的色调。《白兔记》中的打、斗戏比较多。

《白兔记》中的打、斗情况如下。第四出"祭赛"庙官与刘智远打:"倒是你偷了我福鸡儿。打这蛮子。(相打介。外上)且住,不要打。"第六出"牧牛"李洪一妻与刘智远打:"(丑)说得有理。打刘穷,打刘穷。"第七出"成婚"李洪一妻打礼人:"(丑打净介。净)怎么打我? (丑)你是何人? 敢来多嘴。"第九出"保禳"李洪一与和尚打:"打这和尚。(丑下)"第十二出"看瓜"刘智远与鬼打:"(生)拿住妖精,一刀两断。(杀介。鬼下。生)"第十三出"分别"李洪一与刘智远打:"(生暗上听,打净介。净叫介)有鬼! 有鬼! 倒是刘穷,三叔救救。"

第十八出"拷问"王旺、张兴打刘智远:"(净打生,打不下介。外)张兴有弊,王旺打。(丑打生,打不下介。净)王旺也有弊。"第二十七出"凯回"刘智远带兵与叛军打:"(战介。净败下。生)且喜贼已大败,待我追入巢穴,尽灭其余。"

第三十出"诉猎"李洪一打咬脐随从:"(净扮李洪一上,打丑介。小生)怎么哭?(丑)他家花嘴花脸一个人,把我一顿打。"第三十二出"私会"李三娘与牧童打:"(旦打丑介)畜生,你见我哥嫂磨灭我,你也来戏弄我。"刘智远与李洪一打,李洪一夫妻乱打:"(生打介。净倒介。生下。丑上)那个打我的老公?(净、丑浑打介。丑)是我是我!(净)那个?早说便好。"《白兔记》剧中这些角色在不同情景下发生的打、斗。打、斗原因不同,打、斗对手不同,打、斗方式不一,打、斗效果自然不同。一台戏中有这么多热闹的打、斗,观众看戏时肯定不会感觉单调。

在古代戏剧演出中,打、诨有特殊的、必要的舞台效果。它可能有些低俗,但不是简单的低俗。它不纯粹是低俗,往往是生活化的东西,是言行中最有趣味的表达。这不仅增加观赏的趣味,逗得观众哈哈一笑,更富有浓郁的生活气息。戏中净、丑在插科打诨时的精彩表演展示出生活中的滑稽场景或人性中的自私、贪婪、冷漠、小心眼等。这在调节场上气氛的同时,还讽刺批判了人性的弱点,也在对比中肯定了人性的善良、勤劳、忍让、同情心等优良品质,让观众在生、旦戏之外,品味到戏剧舞台魅力的丰富性。

郑振铎(2006:15)把俗文学的特征概况为:"就是不登大雅之堂,不为学士大夫所重视,而流行于民间,成为大众所嗜好、所喜悦的东西。"《白兔记》是一部传统戏剧,也是一部俗文学作品。它不登大雅之堂,也不为学士大夫所重视,但它自书会才人编成以来就一直在民间传演,为古今大众所喜爱。明清以来,它不断被改编、被搬演,以《白兔记》《咬脐郎》《刘智远》《李三娘》《红袍记》《井台会》《磨房会》《打猎回书》《磨房产子》等不同剧名留下了众多的改编本、折子戏,为不同声腔、剧种所选择,始终活跃在戏曲舞台之上,展现了其强劲的艺术生命力。这其中的一个关键因素当归之于《白兔记》得自于早期南戏并贯穿全剧为民间戏剧所有的俗性特征。

| 参考文献 |

[1] 陈多.畸形发展的明代传奇——三种明刊《白兔记》的比较研究 [J].戏

剧艺术,2001(4):71.

[2] 黄天骥.论"丑"和"副净"——兼谈南戏形态发展的一条轨迹[J].文学遗产,2005(6):85.

[3] 黄文旸.曲海总目提要[M].天津:天津古籍书店,1992:139.

[4] 吕天成.曲品[M]//中国戏曲研究院.中国古典戏曲论著集成(六).北京:中国戏剧出版社,1959:225.

[5] 梁廷枏.曲话[M]//中国戏曲研究院.中国古典戏曲论著集成(八).北京:中国戏剧出版社,1959:257.

[6] 毛晋.六十种曲[M].北京:中华书局,1958.

[7] 祁彪佳.远山堂曲品[M]//中国戏曲研究院.中国古典戏曲论著集成(六).北京:中国戏剧出版社,1959:86.

[8] 孙书磊.试论中国古典戏剧创作的平民意识[J].南京社会科学,2006(12):95.

[9] 王骥德.王骥德曲律[M].长沙:湖南人民出版社,1983:202.

[10] 徐宏图.南戏《白兔记》传承考[J].浙江艺术职业学院学报,2006(1):20.

[11] 徐渭.《南词叙录》注释[M].李复波,熊澄宇,注.北京:中国戏剧出版社,1989:5.

[12] 佚名.成化新编刘知远还乡白兔记[M].南京:江苏广陵古籍刻印社,1980:2-3.

[13] 郑振铎.中国俗文学史[M].上海:上海人民出版社,2006:15.

| 作者简介 |

杨宝春,青岛大学文学与新闻传播学院教授,研究方向为中国古代文论、中国戏剧史论、文化生态学。

本文为国家社科基金规划项目"戏曲版本的特殊性研究"(项目编号:16BTQ041)阶段性成果。

道教斋醮仪式中的戏剧表演意蕴

黄 静

摘 要:道教斋醮仪式是一种"依科演教"的法事祭祀仪式。它是在观众的围观欣赏下,由被选定的道士穿着特定服装在醮坛上演绎与神仙或仙境相关的主题故事的一种表演形式。在角色、演出情境、表演主题和观演关系方面与中国戏剧都极为相似,蕴含着丰富的戏剧表演意蕴。

关键词:道教;斋醮科仪;戏剧表演意蕴

宗教祭祀仪式作为一种综合性的演出艺术形态,与戏剧的关系源远流长。苏轼(1981)论蜡祭,言"八蜡,三代之戏礼也";董康(1959)论戏曲,谓"戏曲肇自古之乡傩";王国维(1996)则讲得更明白:"后世戏剧,当自优、巫二者出。"在西方世界,英国学者哈里森(2008)说:"仪式与艺术具有相同的根源,它们都源于生命的激情,而原始艺术,至少就戏剧而言,是直接由仪式脱胎而出的。"人类表演学学者进一步将仪式与戏剧的各种元素分解开来研究。美国学者布罗凯特和希尔蒂(2016)认为,在原始社会的集体活动中,仪式与戏剧是并存的,二者有着许多共同的元素,如时间、空间、参与者、实施方案、服装、声音、运动,但它们的功能有差异。总而言之,戏剧与宗教祭祀仪式具有近似的亲缘性,这已经成为国内外学者的共识,相关的考察研究也是车载斗量,成果丰富。但宗教祭祀仪式的范围相对宏大,本文以道教斋醮仪式为立足点,从角色、情境、主题和观演关系方面详细考察斋醮仪式中的戏剧表演意蕴,进一步求索宗教仪式与戏剧的关系。

道教是在中国本土形成和发展起来的宗教,一方面,道教以服食、炼丹、养生等术迎合世人对延年益寿的期望,主张通过修炼完成精神上的超脱和肉体上的飞升;另一方面,提倡通过致虚守静实现对现实世界的超越,从而达到精神上的逍遥自处。道教紧紧抓住了人们最关心的生老病死问题,对国民思想心理产生较大影响。鲁迅(1996)说:"中国文化的根柢,全在道教。"道教斋醮科仪是一种综合祀神、音乐、舞蹈、表演、祝颂等要素的综合性仪式,是道教教义的传播形式之一,无论是在民间,还是在上层社会乃至宫廷礼仪中都广泛流传,不断被搬演。虽然许多民众未必尽然是宗教信徒,但宗教式意象、思维、情感和表现形式逐渐渗透到民族的审美观念中,影响文艺形式的发生发展。戏剧作为一种历史悠久的综合性表演艺术,必然与中国民间土生土长的道教斋醮仪式具有更加紧密的关系,而道教斋醮仪式中表演意蕴也更丰富。

角色中的戏剧表演意蕴

斋与醮起源较早,段玉裁(1988)《说文解字注》云:"斋,戒,洁也。"《礼记·曲礼上》云:"齐戒以告鬼神。""斋"指的是仪式前的一种身体与心灵状态;至于"醮",宋玉(1977)《高唐赋》言"醮诸神,礼太一",班固(1962)《汉书·郊祀志》载"可醮祭而致"。从诸多文献来看,"斋"与"醮"都指向祭祀神灵的仪式。东汉道教创立后,随着斋与醮的类目越来越多,斋与醮的含义逐渐交合,道教典籍开始用"斋醮"一词泛指道教的祭祀仪式。《道藏》所载吕元素(1988)《道门通教集序》有明确论述:"古者天子祀天地,格神明,皆具牺牲之礼,洁粢盛,备衣服,先散斋而后致斋,以成其祭……天师因经立教,而易祭祀为斋醮之科。法天象地,备物表诚,行道诵经,飞章达款,亦将有以举洪仪、修清祀也。"中国古代祭祀神明天地要遵循严格的程式规制,自祭祀仪式演化出来的道教斋醮仪式也天然带有这种规范特性,并在发展过程形成一套组织严密的程式体系。

一场完整的斋醮祭祀仪式分工非常明确,不同的仪式元都是由相应的道士来表演完成。虽然每场斋醮仪式的参与人员不尽相同,但是其中的一些基本角色是相对固定的。一般来说,高功位居各执事之首,主管大小法事,需要由熟悉科仪规范,会做功、念功、唱功、奏功的法师担任。监斋仅次于高功,主管科仪典法,司察众过,监督管理斋醮活动依程式进行。都讲手执龙旗,主管唱赞导引,与高功、监斋合称"三法师"。侍经、侍香、侍灯分别负责斋醮中的经卷、鼎彝和灯具等道具法器。高功、监斋、都讲、侍经、侍香、侍灯是斋醮活动中基本执事,他们在醮坛上相互配合、共同参演完成法事仪式。此外,随斋醮活动的规模与类目变化,也会有其他执事参与负责。

　　斋醮演出的执事基本由一些德高望重的高道担任,但在挑选道士进行角色分工时,也会参考道士自身的外貌、身形和声音等特征。如高功、监斋都是由能够体现威仪特征的法师来担任,声音洪亮的法师负责提音接咏,声音清雅、吐字清晰的法师负责对白、和韵,谙熟音律的法师专门负责演奏道乐。斋醮仪式作为一种庄严肃穆的综合性演出活动,并非所有道士都能够参与其中,只有声音、形象等方面符合"角色"要求的高道才能够在仪式中担任执事,这在一定程度上体现出道教斋醮表演仪式已经蕴含着朦胧的角色意识了。

　　角色意识进入戏剧中,逐渐形成了一套相对固定的角色分类体系。中国戏剧的基本行当大略分为生、旦、净、末、丑五类,每个行当还可以根据角色特征进一步分类,如生行可进一步分为老生、小生、武生。像斋醮仪式一样,不同的戏剧角色对演员也提出一些具体要求,如正生的角色要求身段庄重,唱腔规矩平正,声音庄重洪亮;扇子生则须身段柔和,举止文雅,话白清脆;红净等正面人物须庄严肃穆,声音沉着有力。斋醮祭祀仪式和戏剧表演作为综合性的表现艺术,都体现出与生俱来的角色分类意识,他们在选择角色时,重视参演人员的身形、音色、性格等素质。

　　关于场上之"演",还需进一步细分。戏剧人类学的立场是要求划清"表演"与"扮演"的界线,他们认为"表演"只是充当社会性的角色,而"扮演"则是化身为特定情境中的角色。按照这种定义标准,斋醮仪式中执事们在场上完成动作程式是一种"表演"活动,虽然斋醮仪式不乏故事"情节",但道士们只是依自己的身份表演完成具体流程,并没有化身为"情节"中的某个人物形象,代人物立言。真戏剧则不同,演员会直接化身为剧中某个人物形象,通过所扮演人物口吻的不断变换,推动故事情节发展。从这个角度来看,斋醮仪式中的角色离真正的戏剧角色还相当遥远。但从的民间斋醮演出实践来看,有些斋醮活动中的确存在由道士进行角色"扮演"的片段。劳格文(2017)的《中国社会和历史中的道教仪式》一书是在进行大量田野调查基础上写成的,"打城"一章中记载了许多斋醮活动的具体扮演情形,其中一段是陈法师扮演妙行真人拄着朝杖,边走边唱,来到枉死城的鬼门关,与戴着牛头面具扮演的守卫官鬼的鼓师进行对话,几个回合之后,鬼打开城门,法师描述其所看到的地狱场景。这时的鬼和神仙的角色都是由道士扮演的,如果把这样的演出片段截取出来,则与真正的戏剧演出非常相似了。当然,道教斋醮仪式中,这种角色扮演并非全过程的,只有其中的一部分场景才采取这种形式,其他情况下,道士们还是一种社会性的表演,但是斋醮仪式中这种代言体性质的角色扮演已经非常接近戏剧了。

另外,无论斋醮仪式还是戏剧表演,都有专门的演出服装。李一泯(1988)编《道藏》载唐代张万福云:"冠以法天,有三光之象;裙以法地,有五岳之形;帔法阴阳,有生成之德……名法服也。"可见道教的演出法服具有特殊的制作规定和象征含义。他还说:"衣服者,身之章也。随其禀受品次不同,各有科仪……应服不服,非服而服,皆四司考魂,夺算一千二百。"道教不仅会根据道士修炼品级授予专门的服装,而且也会依据道教活动分别穿戴不同的服饰。斋醮仪式作为道教重要的祭祀仪式,法服自然有严格的规定。如高功法在参与斋醮仪式时,须头戴莲花冠,身着金丝银线绣成的天仙洞衣,脚踏云履,辅助法师通达于天庭。戏剧演出也有专门服装,脱脱(1975)等《金史》记载:"倡优遇迎接,公筵承应,许暂服绘画之服,其私服与庶人同。""绘画之服"即为不同于平常穿着的演出之服。吴自牧(1954)《梦粱录》"妓乐"条记载:"其诸部诸色,分服紫、绯、绿三色宽衫,两下各垂黄义襕。杂剧部皆诨裹,馀皆襆头帽子。"到明代以后,演员的头饰、配饰、身体服饰名目繁盛,各色衣服与剧中人物性格相得益彰,充分满足了观众的审美需求。

总之,斋醮仪式作为一种综合性的艺术活动,在角色方面,蕴含丰富的戏剧表演意蕴。从注重选择合适相应表演的道士参与斋醮演出活动,以保证斋醮演出顺畅进行,维持庄严肃穆的气氛,到有些斋醮仪式为增加演出观赏性、形象性,道士直接化身为某个人物形象进行表演,使得斋醮故事更通俗易懂,更能吸引观众注意,再到道士在进行演出时必须穿上规定的法服,以增强演出效果,这几方面都与戏剧角色扮演有着天然的渊源关系。

情境中的戏剧表演意蕴

崇祀神仙是道教的一个重要特征,延年益寿、修道成仙也是道教修炼人士的终极目标,为了实现这一理想,道教创造出一系列的神仙谱系,宣扬他们济生度死的能力。陶弘景的《真灵位业图》刻画了七百多位神仙形象,可见道教神仙谱系之宏阔。斋醮仪式作为宣传道教教义的载体,自然离不了神仙思维的渗入,仙境以及仙人形象贯穿于斋醮活动的各个仪式元中。如卷帘科仪便是虚拟天帝降临醮坛,坐于"天庭",卷起珠帘,坐听道士或法师禀奏的活动。沐浴科仪则是亡魂在众仙真的鉴度下,涤除罪恶,实现身份转换的仪式。总之,斋醮仪式一般都有具体完整的情境,且这个情景与仙境和神仙形象相关。

为保证情境更加真实而富有感染力,道士们从外到内都进行了不懈努力。举例来说,外在醮坛的设置上,罗天大醮所用的虚皇坛分为三层,即象征"地"的外层坛,象征"人世"的中层坛,象征"天"的内层坛。道士们在"天"与"地"之间的中层坛交通跪拜,这种法天象地、沟通天人的象征性醮坛本身就是斋醮仪式提供了情境基础。另外,醮坛中也会设置各路神真的班位,使得斋醮情境更加"逼真",如普天大醮设三千六百分圣位,周天大醮设两千四百分圣位,罗天大醮设一千二百分圣位。神真情境的"实现"还须高功法师进行内在的存想。"存想",又叫存思、存神,即默想诸神形象。道教学者张泽洪(1999)说:"法师通过存想可使心诚意专,遥想出一派天界意境,化凡尘为神界,化己身为神灵本体。道教认为,建醮不懂存想,无法沟通人神世界,斋醮的目的就不能达到,斋醮也就失去意义。"斋醮仪式中,高功法师会在禁坛之后按照一定的仪式存思幻化出神真降临坛台的情境,这时,坛台已经不再是原来意义上的物理空间了,而是能够与神灵交通的神圣境域,在这种圣境中,道士们可以虔诚地禀奏或上章或进行其他仪式。总之,道教斋醮仪式一般都有预设的情境,且随科仪规范不断编修完善,其神仙情境也更加丰富多样。

陈世雄(2013)认为,戏剧是一种在舞台上设定不同的情境,虚拟出各种不同的"小型社会",并对各类个体的人之间、各类个体的人与群体的人之间在特定情境下产生的联系进行直观的考察和研究的艺术。戏剧可以自由地设置舞台情景,使观众、读者沉浸到作品所创设的世界中去,在艺术世界中产生强烈的情感体验。当戏剧演绎与神仙有关的情境时,戏剧表演与斋醮表演存在很大的相似性。如吴昌龄的杂剧《张天师断风花雪月》(见臧懋循《元曲选一百种》)讲述书生陈世英在风、花、雪诸神的帮助下与桂花仙子相恋的故事。陈世英相思成疾之后,张天师身披法衣,为他建坛作法:

> (天师请神科,云)道香德香,无为香,清净自然香,妙洞真香,灵宝惠香,朝三界香。吾乃统摄玄门,恢弘至道,咒司九主,宣课威仪,醮法列坛。无不听命。恭惟玉清圣境元始天尊,左辅右弼之星官,武职文班之圣众。雷公电母,风伯雨师。瑶宫宝殿天王,紫府丹台仙眷。五福十神,四司五帝。日宫月宫神位,南斗北斗星君,斗步五方,星分九曜。东华南极,西灵北真。十二之星辰,四七之缠度。三台华盖,九天帝君。三界直符使者,十方从驾威灵。当境土地龙神,诸处城隍社庙。幽冥列圣,远近至真。以此真香,普同供养。伏以阴灵耀景,环六合以开光,素魄迎精,犯十花而育物……(击令牌科,云)一击天清,二击地灵,三击五雷,速变真形。天圆地方,律令九章。金牌响处,万鬼潜藏。(咒水科,云)水无正行,以咒为灵,在天为雨露,在地作源泉。一噀如霜,二噀如雪,三噀之后,百邪俱灭。(执剑科,诗云)老君赐我驱邪剑,离火煅成经百炼。出匣纷纷霜雪寒,入手辉辉星斗现。先请东方青帝、青神,衔符背剑,入吾水中。后请南方赤帝、赤神,衔符背剑,入吾水中。又请西方白帝、白神,衔符背剑,入吾水中。再请北方黑帝、黑神,衔符背剑,入吾水中。又请中方金帝、金神,衔符背剑,入吾水中。(诗云)吾持此水非凡水,九龙吐出静天地。太乙池中千万年,吾今将来静妖气。谨请年值、月值、日值、时值,当日功曹,值日神将,揽海大圣,翻江大圣,驱雷大圣,撒云大圣。

第三折有近半的文字铺设张天师结坛作法的情境,显然,剧本创作受斋醮科仪影响较大,不仅为戏剧提供了丰富的素材和人物形象,影响了戏剧的思维模式,还将建坛设醮直接作为助力主人公陈世英解脱有效之法。在这一折戏中,演员须按照剧本所写表演出一场相对完整的斋醮活仪式,这一情形与道士们"依科演教"的斋醮情境并无二致。不过,神仙道教题材只是戏剧情境的一部分内容,戏剧还能表现出更为广阔的社会人生。

总之,戏剧与斋醮都是包含一定情境的表演形式,但二者在思维方面存在差异。斋醮仪式需要信仰一致的人才能领悟到神真降临的情境,且道教对存思的路径有严格规定,如《道藏》本张君房(1988)《云笈七签》卷四十三记载:"先瞑目,思素灵宫清微府中青气,赤气相沓郁郁来,下入兆身中泥丸上宫,便咽九气;次思兰台府中赤、黄二气相沓如先来,下入兆身脐下丹田绛宫中,便咽九气……思洞天毕,转向南,思洞地洞真大荧惑星大洞元生太灵机皇君景化,以通明四洞九元之府,以授我身;次思洞地生官,衣服讳字如上法,并从灵素宫兰台府下,入兆身绛宫中。"存想须按照一定的步骤有序进行。戏剧表演是一种审美的艺术思维,这种审美想象能够超越时空限制,自由自在,每个独立的个体都可以从各种维度进行独立思考,获得审美享受。

主题中的戏剧表演意蕴

斋醮仪式作为宣传教义的重要途径之一,每场演出都包含一定的主题,有其独特的功用与意义。一般来说,斋醮仪式中的醮坛设置、经卷摆设、步罡踏斗、掐诀念咒等具有强烈的象征意义,是用来服务于这场斋醮仪式的特定主题的,以保证斋醮仪式顺利的实现其功能意义。斋醮仪式的种类与名称非常多,其主题也相对较丰富,且多与道教教义和神仙信仰有关。在这里,限于篇幅,我们略举几例常用的主题进行论述。

济拔救度一直是民间非常重视的主题,黄箓斋尤倍受崇信,流传广泛。《道藏》载杜光庭(1988)编纂的《道教灵验记》记载:"黄箓斋者,济拔存亡,消解冤结,忏谢罪犯,召命神明,无所不可。上告天帝,拜表陈词,如世间表奏帝王,即降明敕,上天有命,万神奉行。天符下时,先有黄光,如日出之象,照地域中,一切苦恼,俱得停歇,救济拔黩,功德极速。"《岁时广记·拔鬼嫔》曾记载黄箓斋应验的例子,后蜀孟昶的嫔妃张严华在青城山丈人观亵渎高真,后被打入地狱受罚,道士张若冲在得知此事后,为其建黄箓斋筵,超度荐拔,使其魂魄得以超升。《道藏》载金允中(1988)《上清灵宝大法》言:"黄箓诸斋,济度为本。显则祝君康时,普福群生;幽则拔鬼度魂,广资万类。庶几遍及,以成善功。或超荐先灵,亡者受福;或禳解灾厄,则生人蒙修。"可见黄箓斋济拔救度主题的法事活动在斋醮仪式中具有非常重要的地位。

除济拔救度外,消灾祈福也是一种巨大心理需求,上到帝王将相、达官显贵,下至普通百姓,都希望获得护佑,平安顺遂,因此祈禳主题的斋醮仪式也广受欢迎。上文提到的普天大醮、周天大醮和罗天大醮都是为国家祈福的斋醮仪式,《道藏》载王钦若(1988)《翊圣保德传》言:"其上曰顺天兴国坛,凡星位三千六百,为普天大醮……其中曰延祚保生坛,凡星位二千四百,为周天大醮……其下曰祈谷福时坛,凡星位一千二百,为罗天大醮。"其中祈求国泰民安、众生安泰的主题显而易见。以罗天大醮为例,据青城山道协(2018)整理的资料来看,唐朝有资料可查的罗天大醮举办过三次,宋代有资料可查的有十二次,元代亦非常重视罗天大醮,不足百年间曾举办过四次罗天大醮,明代能查证的举办罗天大醮资料有四条,清代至民国有六次举办罗天大醮的记录,举办地点转移至民间社会,近代亦时有举办罗天大醮的记录。自唐朝以后,封建王朝常常在举行完斋醮仪式后举行投龙简活动,即将写有消罪愿望的文简和玉璧、金龙、金纽,用青丝捆扎,投入名山大川、岳渎水府,作为升度之信,奏告三元,企求保安宗社。这种投龙仪式也是为江山社稷祈福的祈禳主题的斋醮仪式之一。

除上述两种常见主题外,斋醮仪式中的启师谢师、解冤释结、化坛卷帘等主题的仪式也非常重要。关于戏剧的主题,曹禺(1985)指出:"主题是剧本的中心思想,正如一幢房子必有一根支持全屋重量的大梁。"戏剧中有许多以神仙为中心的故事,如马致远创了多部讲神仙度脱的戏剧,《黄粱梦》中钟离权度脱"一枕黄粱"的吕洞宾成仙,《任风子》中马丹阳度脱"休妻摔子"的任风子成仙,《岳阳楼》中吕洞宾度脱留恋红尘的柳树精和梅精成仙。度脱点化主题的戏剧源于道教斋教仪式。相对于斋醮活动重视度脱的仪式过程,戏剧则更加关注度脱前后的因果故事,着重塑造人物形象,除了度脱点化,济拔救度、祈禳平安等都可以成为戏剧表演的主题,相较斋醮仪式中单一、明确的主题,戏剧演出的主题则多种多样、自由灵活,既可以赞扬的,也可以是讽刺的;既可以是具体明确的,也可以是抽象隐含的;既可以反映道教神仙思想,也可以表现社会生活的方方面面,这是戏剧对斋醮仪式主题的拓展。另外,戏剧主题的演变速度也明显快于斋醮主题,如唐代元稹的《莺莺传》讲述了张生对莺莺始乱终弃的爱情悲剧,书中的张生被塑造为"善补过"的士人形象;金代董解元取材于《莺莺传》的《西厢记诸宫调》,对故事情节做了相应调整,歌颂了青年男女为争取恋爱、婚姻自由而斗争;元代王实甫的《西厢记》在诸宫调的基础上又进一步丰富故事情节和人物形象,西厢故事的主题也升华为反封建礼教与反封建制度。而斋醮仪式的主题则相对固定,几乎不会因时代变化而发生巨大改变,斋醮科仪的修订也多集中在程式的规范上。

观演关系中的戏剧表演意蕴

斋醮活动本质上是一种以娱神为目的的观演活动,表演的主体是参与斋醮仪式的道士们,而观赏的主体则是道教信仰中的仙真神鬼,如卷帘科仪中禀奏的"天帝",沐浴科仪中招徕的"亡魂"。也就是说,斋醮仪式以存想中虚拟的神鬼等形象为首要观众,现实中人的围观欣赏被置于次要位置,人们只是带着虔敬之心从旁观赏道士们的娱神表演,期望能得到神灵的庇佑以及心灵的安慰。戏剧虽起源于宗教祭祀,但在历史演进的过程中不断摆脱宗教束缚,尝试走出祭坛,走向勾栏瓦舍、庭院、戏楼、宫廷等各种各样的戏场,演出活动针对的目标群体也不仅局限于鬼神,而是转向更广阔的民间社会,以人的欣赏为主。在这个转变过程中,戏剧逐渐发展为一种商品,为了配合观众日渐提高的艺术鉴赏水平,戏剧演出日新月异,表演的主体也演化成为一批拥有全面技能和精湛演技的专业演员。当然,戏剧演出偶尔也会走进祭祀场所娱神助兴,但它一开始就在演出目的和观赏主体方面与斋醮活动划分出明确的界限,在广阔的社会中选拔培养演员进行舞台表演,不断提升自己的演出效果,丰富和拓展艺术形式,力图为观众不断提供优质的戏剧表演,从而获得了强大的生命力,成为与斋醮仪式并行不悖的综合性演出形式。

斋醮活动会专门建立醮坛,《道藏》载金允中(1988)《上清灵宝大法》卷十七说:"或垒以宝砖,或砌以文石,或竹木暂结,或筑土创为,务合规矩,以崇朝奏之礼……坛上下四重栏楯,天门地户飞桥等,务在精好。"醮坛即为斋醮演出活动的舞台,为体现斋醮活动的庄严神圣与不可侵犯,醮坛会被按照一定的规格在指定区域上搭建起来,其上再设置重重栏楯,成为一个独立的整体,在物理空间上拉开观与演的距离。另外,斋醮仪式不像观赏性戏剧那样,具有丰富的审美价值,观看仪式的民众大约也不会抱着纯粹的艺术鉴赏的心态去看仪式表演,这充其量是一种围观,民众或多或少心理上会觉得亲身"参与"对神灵的祭祀程序,会保佑自己的生产与生活平安顺利、无灾无祸。

传统的剧场演出是一种"镜框式舞台"布局,"第四堵墙"将观众与演员隔开,观众坐在观众席观赏,演员在舞台上扮演角色。这种观演模式与斋醮仪式基本类似,观众与演员都是在物理空间上被隔开,演员按照预先设定好的程式进行表演,演员在指定位置观看演出,演出全程没有任何交流。现代戏剧在不断探索着新的观演模式。打破"第四堵墙"的限制,观演空间不再截然分开,创造出灵活且流动的观演共享空间,拉近观众与演员的距离。伴随着物理距离的拉近,观演之间的界限也被打破。如赖声川导演的《等待狗头》《如梦之梦》等作品从舞台设置入手改变传统的观演关系。有的戏剧表演中,观众不再是"旁观者",而是可以发挥主动性,与演员进行积极互动;演员也可以根据观众的行为,随机应变,甚至可以暂时退出表演,作为观赏者观看表演,观众与演员的情感交流密切,如沉浸式戏剧。这种情形很难在严肃的斋醮仪式中看见,斋醮演出活动有着严密的体系和严格的步骤,其在表演与观赏中必须遵照程式,不可以逾越,以保证宗教活动的秩序与庄严。且道教斋醮仪式具有相对稳定性,它不像戏剧演出一样可以随时根据社会的发展情况和观众的要求不断探索新的演出模式,历史上斋醮科仪修订整理的次数屈指可数。

另外,斋醮仪式中还有一类观演情况值得单独一提,它是对传统观演关系的一种突破。金允中(1988)《上清灵宝大法》记载一种"刍身升度法",这是一种超度亡魂的法事仪式,道士会先用净草随男女形状做出其生前身躯,着生前衣服,然后安置在秤钩上,悬空不着地。等法师招魂来赴刍身后,刍身忽然坠下秤钩,魂幡也随之摆动,这表示亡魂已至。为亡魂沐浴受戒后引领亡魂来到法坛,用一些符咒令亡魂显形,然后让亡魂的亲人们渐次入坛中,向壁上远视亡魂,见其与生前形状无二。这种超度亡魂的法事仪式中,观演关系发生了一些变化。首先,超度仪式是由亡魂生前亲人的意愿促成的,是亲人们想要超度亡魂才会邀请法师设坛做法;其次,这种斋醮演出打破了一般斋醮活动中观与演的物理距离,观众走入坛中亲身见证亡魂的到来;再次,在这样的超度仪式中,观众与斋醮演出有情感交流,此时的观众不仅仅是围观,他们也参与到了这场斋醮活动之中,这是斋醮活动观演关系的一个特例,但相比戏剧中观演关系的变化,这种观演模式还处于相对原始的阶段。

总而言之,斋醮祀神仪式渊源已久,在道教发展过程中,经过几次重大修订整理,已经形成了一套成熟的流程与规则,在角色扮演、特定情境、特定主题、观演关系等方面包含着戏剧的表演意蕴,为真戏剧走出祭祀场所,走向戏场奠定了深厚的基础。到封建社会后期,斋醮仪式本身也被简化为戏剧情节搬演进剧场中,成为丰富故事情节和塑造人物形象的有机组成部分,增强了戏剧演出效果。但是斋醮仪式与戏剧表演和而不同,二者虽然在艺术上相互交融,本质上却有天渊之别。

| 参考文献 |

[1] 奥斯卡·G. 布罗凯特,富兰克林·J. 希尔蒂. 世界戏剧史 [M]. 周靖波,译. 上海:上海三联书店,2016.

[2] 班固. 汉书 [M]. 北京:中华书局,1962:1250.

[3] 曹禺. 编剧术 [M]// 王兴平,刘思久,陆文璧. 曹禺研究专集(上册). 福州:海峡文艺出版社,1985:46-47.

[4] 陈世雄. 戏剧人类学 [M]. 上海:上海古籍出版社,2013.

[5] 董康. 曲海总目提要 [M]. 北京:人民文学出版社,1959:1.

[6] 杜光庭. 道教灵验记 [M]// 李一氓. 道藏(第十册). 北京、上海、天津:文物出版社、上海书店、天津古籍出版社联合出版,1988:855.

[7] 简·艾伦·哈里森. 古代艺术与仪式 [M]. 刘宗迪,译. 北京:三联书店,2008:108.

[8] 金允中. 上清灵宝大法 [M]// 李一氓. 道藏(第三十一册). 北京、上海、

天津：文物出版社、上海书店、天津古籍出版社联合出版，1988：652.

[9] 鲁迅．致许寿裳 [M]// 鲁迅．鲁迅全集．北京：人民文学出版社，1996：353.

[10] 劳格文．中国社会和历史中的道教仪式 [M]．蔡林波，译．白照杰，校译．济南：齐鲁书社，2017.

[11] 李一氓．道藏（第十八册）[M]．北京、上海、天津：文物出版社、上海书店、天津古籍出版社联合出版，1988：229-230.

[12] 吕元素．道门通教集序 [M]// 李一氓．道藏（第三十二册）．北京、上海、天津：文物出版社、上海书店、天津古籍出版社联合出版，1988：1.

[13] 青城山道协．罗天大醮之历史沿革 [J]．中国道教，2018（5）：45-49.

[14] 宋玉．高唐赋 [M]// 萧统编，李善注．文选．北京：中华书局，1977：267.

[15] 苏轼．东坡志林 [M]．北京：中华书局，1981：26.

[16] 脱脱，等．金史 [M]．北京：中华书局，1975：987.

[17] 王国维．宋元戏曲史 [M]．北京：东方出版社，1996：3.

[18] 王钦若．翊圣保德传 [M]// 李一氓．道藏（第三十二册）．北京、上海、天津：文物出版社、上海书店、天津古籍出版社联合出版，1988：651.

[19] 吴自牧．梦粱录 [M]．上海：古典文学出版社，1954：308.

[20] 许慎．说文解字注 [M]．段玉裁，注．上海：上海古籍出版社，1988：3.

[21] 郑玄．礼记正义 [M]．孔颖达，疏．北京：北京大学出版社，1999：52.

[22] 张泽洪．道教斋醮符咒仪式 [M]．成都：巴蜀书社，1999：121.

[23] 臧懋循．元曲选一百种 [M]．明万历刻本．

[24] 张君房．云笈七签 [M]// 李一氓．道藏（第三十七册）．北京、上海、天津：文物出版社、上海书店、天津古籍出版社联合出版，1988：556.

| 作者简介 |

黄静，青岛大学文学与新闻传播学院研究生，研究方向为中国古代文学。

明初馆阁作家许彬存世诗文辑考

岳秀芝

摘　要: 许彬为明初馆阁体后期代表作家之一,官至内阁首辅。自幼聪颖,有能文声,举进士后与在京诸文友酬唱颇多,晚年致仕后优游徐兖之间,佳作纷出,著述有《东鲁许先生文集》十卷、《诗集》四卷,惜未能全貌留传,又因被归入馆阁体作家,故长期被学界忽略,对其文学创作成就世人知之甚少。现就所见对其存世诗文搜罗辑考,以供研究所需。

关键词: 许彬;台阁体;《东鲁许先生诗集》;《东鲁许先生文集》

许彬(1392—1467),字道中,号养浩,又称东鲁先生,山东宁阳人。少时有"神童"之誉,年十七入庠,永乐九年(1411)中举,永乐十三年(1415)进士及第,选翰林院庶吉士。历任检讨、编修、修撰,参与了仁宗、宣宗二帝实录的撰写。正统十二年(1447)主福建乡试,号称"得人"。正统十四年(1449)升大理寺少卿,十月转太常寺少卿兼翰林待诏、提督四夷馆。据《明代内阁首辅许彬史料汇辑》载,景泰元年(1450),明英宗自虏地将还,许彬毅然请行,曰:"主辱臣死,此岂计身家时邪?"并代英宗撰写《避位罪己诏》。英宗复辟时举荐徐有贞有功,于天顺元年(1457)以礼部左侍郎兼翰林院学士,入直文渊阁参预机务,六月进为首辅。后石亨专横,憾岳正忤己,牵连许彬,调南京礼部左侍郎,后贬为陕西参政。石亨败,复官,天顺二年(1458)六月致仕归乡。成化三年(1467)十二月逝世,寿七十六,赠礼部尚书,谥忠襄,又谥襄敏。

许彬作为明代前期重要的馆阁大臣,文学造诣颇深,是明初台阁体后期代表作家之一,"以文学与王贤齐名",著有《东鲁许先生文集》十卷、《东鲁许先生诗集》四卷。诗集已不存,文集国内未见,今存梵蒂冈图书馆,由学者谢辉发现并撰文,当为海内孤本,前有正德元年(1506)石珤所撰《东鲁先生诗文集序》。由于文献资料的缺失,许彬文名被长期掩埋,未能引起充分重视。今就目前所见各类典籍文献,对其诗文进行辑录,以期能对相关研究有所助益。

许彬存世诗歌

许彬一生颇好诗文,举进士后与在京诸文友有众多酬唱之作,晚年致仕后与王贤优游徐州、兖州之间,创作了大量清新佳作,诗集名为《东鲁先生诗集》。关于其诗集的创作时间,薛瑄(2018)在《东鲁先生诗集序》中云:"先生出示所集,俾题其端,余因论诗之变不一,而有不可变者,礼义而已。"薛瑄撰写序文的时间约为景泰元年,许彬此时与其同朝为官,邀其作序,因此许彬诗集当完成于景泰初年。此后成化年间刘珝(2018)亦对许彬的诗集有相关的论述,其云:

> 其为诗,浑厚和平,音调响亮。其佳句置之唐音中,人不能辨。京
> 都之寺观释道、世家屏障、四方之士大夫,无不有先生诗。外至夷人
> 高丽使臣,亦皆市先生之诗而归。有《东鲁先生诗集》《续集》行于世,
> 此先生之制作也。

刘珝为许彬之弟子,从他的话语中可知,许彬共有《东鲁先生诗集》和《续集》这两部诗集,今均散佚。刘珝不仅介绍许彬诗集之状况,而且也涉及许彬诗歌法式盛唐,以及其诗广为传播、影响深远的特点。但是刘珝并未介绍许彬诗集的具体卷数,而此后的《千顷堂书目》与《明史·艺文志》则记载许彬诗集有四卷。

许彬的诗集今不得见,但是方志、明人文集等著作中收录其部分诗作,宁

阳史志办与许彬后人共同搜集整理，收录诗歌三十七首，但有些未注明出处。在此基础上，笔者对诗作的来源进行补充，具体情况见表2。

表2　许彬诗作名称及来源

古籍名	作者	版本	收录诗作
《阎乡家乘》	德让堂阎氏家族	不详	《后稷教民稼穑四章》
《朱氏族谱》	宁阳朱氏家族	不详	《挽朱公》
《嵩渚文集》卷七十二	明·李濂	明嘉靖刻本	《安陵道中与岳季方阁老》
《双槐岁钞》卷六	明·黄瑜	明嘉靖三十八年刻本	《闻为王阉(振)建旌忠祠愤而作》
《国朝献征录》卷八十	明·焦竑	明万历刊本	《送傅给事奉使西域》
《明诗纪事》乙签卷十	清·陈田	清光绪二十五年陈氏丛书听诗斋刊本	《挽林志》
《山左明诗钞》卷一	清·宋弼	天津图书馆藏乾隆刻本	《送僧往五台山》《清明节同高苗二学士扈驾谒山陵次韵》《送李佑之赴陕西参议》《题王舜耕画》
《式古堂书画汇考》书卷二十三	清·卞永誉	清康熙二十一年刻本	《朝退诗》(二首)
《吴越所见书画录》卷四	清·陆时化	清乾隆怀烟阁刻本	《紫薇精舍》
《穰梨馆过眼录》卷十四	清·陆心源	清光绪吴兴陆氏家垫刻本	《祝封翁挽诗》
《壬寅消夏录》卷四十	清·端方	中国文物研究所手稿本	《聚奎堂诗》
《宁阳县志》卷五	明·李贞修、王正容纂、徐汝翼续修	明万历三十年刻本	《古剑篇》《寿府尹王先生二十韵》
《宁阳县志》卷八	清·刘兴汉修，程待聘纂	清康熙刻本	《宝相禅林》《洸滨垂钓》《汶阳春耕》《灵山胜迹》《朝元仙观》《复圣古祠》《蛇眼清泉》《义姑遗庙》《西园草堂》
《定远县志》卷八	明·高鹤	明嘉靖刻本	《送苗尚书致政》
《长沙县志》人物志	清·王克庄修，朱奇政等纂	清康熙二十四年刻本	《送蔡经历之京》
《怀来县志》卷十二	清·许隆远	清雍正刻本	《长安岭晴日和叶参谋韵》

古籍名	作者	版本	收录诗作
《大同府志》卷十一	明·张钦	明正德十年刻本	《题游玄都观》《奉寄都宪年公镇守云中》
《山东通志》卷三十七	明·陆钺	明嘉靖刻本	《题诗礼堂》《题崇恩堂》
《重修三原志》卷九	明·朱昱纂修	明嘉靖十三年刻本	《西园草堂》
《南溪书院志》卷四	明·叶廷祥撰	明万历刻本	《谒南溪书院》
《金山龙游禅寺志略》卷四	清·释行海	清康熙刻本	《游金山》
《灵岩游翰辑古》	房泽水编注	2000年版	《留题灵岩(二首)》

由上表可见,许彬的诗歌散见于县志、族谱以及文学总集之中,其中《宁阳县志》收录许彬诗歌最多,万历和康熙刻本共计十首,清代《山左明诗钞》亦收录许彬诗四首,可见其当时地位,清初王士禛亦对许彬多有推许。

《东鲁许先生文集》

许彬文集名为《东鲁许先生文集》,万历版《宁阳县志》记载有"许侍郎家藏《许先生文集二十卷》",王越(1997)在《黎阳王太傅诗文集》卷二《东鲁许先生文集序》中也讲道:"先生不鄙贱余,出示古文二十卷。"此外,凌迪知的《万姓统谱》与嘉靖刻本《山东通志》均记载许彬著有诗文二十卷,可知许彬文集当有二十卷。然而清代的《千顷堂书目》与《明史·艺文志》均记载其文集为十卷,因此笔者推测清代以前许彬文集或经历过后人删削,由二十卷删改为十卷本行世。流传至今,仅存有《东鲁许先生文集》十卷,为梵蒂冈图书馆所藏明正德刻本,国内目前无许彬文集存世。

学者谢辉(2015)对梵蒂冈所藏的《东鲁许先生文集》版本有详细记述:"其版式为四周双边,黑口,双鱼尾;行款为半页十一行,行二十一字。卷端题'左春坊左庶子清平张天瑞、翰林院检讨藁城石珤校正,福建道监察御史东沂陈玉、怀庆府知府长山徐以贞编次。'"据此可知,许彬文集的编次者为张天瑞、石珤、陈玉以及徐以贞。文集卷前有张天瑞、石珤、佚名序文三篇,卷后有刘珝、王越、李濂序文三篇,共计六篇。内容如下:"全书十卷,卷一为记,卷二至卷六为序,卷七为表,卷八为墓表、碑铭、行状,卷九为题跋、字说,卷十为像赞、祭文,共收录文章二百六十余篇。"刘翔(1997)在《古直先生文集》卷一一《东鲁许先生文集序》云:"某得而诵之,有原其理者,疏时故者,记其实者,说其意者,序其事者,铭人之先德者,表人之大功者,题于前者,跋于后者,诸体俱备。"可见许彬文章种类多样,有原、疏、记、说、序、铭、表、题和跋九种文体。相较刘翔所见的文集,今存的十卷本缺漏原和疏二体,谢辉(2015)推测或因许彬之子许赴"重刻时删去了一些涉嫌违碍的文字之故"。关于许彬文集流落海外的原因,谢辉(2015)认为与"清代来华之耶稣会士傅圣泽有关",并为此展开论述。

许彬文集国内已佚,但在一些文献如方志、族谱、他人文集中尚有许彬诸篇文章得以遗存。据宁阳史志办、许彬后人以及笔者搜集的资料可知,现存许彬古文共四十六篇,包括序三篇、记二十六篇、碑文两篇、墓志铭文十篇,其他五篇,且有王越、刘翔、李濂的三篇序文。这些文章虽不仅体现了许彬的散文造诣,而且也详述了明朝诸多人物的事迹以及建筑的沿革衍变,是了解许彬其人、明朝建置以及历史人物的重要文献资料,具有珍贵的史学与文学价值。

现将许彬文章篇名及其来源列表 3 如下。

表 3　许彬文章篇名及来源

古籍名	作者	版本	收录篇名
《北使录》	明·李实	明万历四十五年陈于廷刻本	《避位罪己诏》《英宗免朝敕》
《王氏族谱》	宁阳王氏家族	不详	《故处士王友直行状》
《郭氏族谱》	临淮郭氏家族	不详	《郭氏族谱后序》
《阎乡家乘》	宁阳德让堂阎氏家族	不详	《泰伯无子辩》《阎乡家乘叙》《宁阳至德先圣泰伯庙记》
《宁阳县志》卷三	明·李贞修、王正容纂、徐汝冀续修	明万历三十年刻本	《重修子思院记》《重修县治记》《重建南义鲁义姑庙记》
《宁阳县志》卷十八	清·高陞荣修,黄恩彤纂	清光绪五年刻本	《乡贡进士题名记》
《阙里志》卷十、卷十三	明·陈镐	明正德刻本	《重修启圣王寝殿记》《孔颜孟三氏子孙学录孔君墓志铭》《承事郎曲阜县世职知县孔公墓表》《文林郎曲阜世袭知县孔君墓表》

古籍名	作者	版本	收录篇名
《汶上县志》卷八	明·栗可仕修，王命新纂	明万历三十六年刻本	《重修汶上庙学记略》
汶上县《南旺镇志》	孙合祥、王瑞年、陈广灿等编纂	1994年版	《分水龙王庙记略》
《乐陵县志》卷七	清·王谦益	清乾隆二十七年刻本	《（乐陵县）重修文庙记》
《长山县志》卷十三	清·倪企望	清嘉庆六年刻本	《重修（长山）庙学记》
《夏津县志》卷五	明·易时中	明嘉靖刻本	《薛侯德政记》
《泰安县志》卷十三	清·黄钤	清乾隆二十五年刻本	《重修（泰安州）圣庙记》
《历城县志》卷十七	清·胡德琳修，李文藻等纂	清乾隆三十八年刻本	《故镇国将军山东都指挥同知韩公青墓碑》《赠昭勇将军山东都指挥金事李公墓碑铭》
《弋阳县志》卷三	清·连柱主，左方海	清乾隆刻本	《怡集轩记》
《大名府志》卷十	明·石禄修，唐锦纂	明正德元年刻本	《晚翠轩序》
《兖州府志》卷二十九	明·朱泰，游季勋，包大爟纂修	明万历刻本	《重修（济宁州）儒学记》《重修阿井记》
《濮州志》卷六	明·李先芳	明万历刻本	《濮州创建公署记》
《东平州志》卷十九	清·左宜似	清光绪刻本	《东平州冉子庙记》
《黄州府志》卷九	明·卢濬修，舒逊、张缙纂	明弘治十四年刻本	《万松亭记》
《高唐州志》卷三	清·周家齐修，鞠建章纂	清光绪刻本	《（高唐州）进士题名记》
《泰安州志》卷六	明·胡瑄，李锦纂修	明弘治刻本	《（泰山）重修玉女祠记》
《山东通志》卷十六、十八	明·陆钺	明嘉靖刻本	《（登州府）重修庙学记略》《（济南）张文忠祠记》
《礼庭吟》卷首	明·孔承庆	衍圣公孔昭焕家藏本	《礼庭吟序》
《礼部志稿》卷八十五（下）	明·俞汝楫	《文渊阁四库全书本》	《增孔庙从祀祭品奏疏》
许友才墓碑拓片	傅玉帅、刘祥杰拓制	不详	《袭封衍圣公府郓城屯屯长许君墓表》
宁阳县博物馆	明·许彬	无	《故妻淑人张氏墓志铭》

续表

古籍名	作者	版本	收录篇名
白云观	无	无	《赐经之碑》
《明代内阁首辅许彬史料汇辑》	宁阳县史志办公室编	2018年版	《重修兖州府治碑记》《(邹县)重修孟母断机祠记》《重建郏国宗圣公庙记》《济宁州重修钟鼓记》《东岳灵应碑》《辽府右长史杨公述墓志铭》《纪公神道碑铭》

通过上表可知，许彬的文章多见载于方志、族谱之中，尤其集中于山东地域的方志，既为许彬研究提供珍贵的史料资源，同时也代表后人对其作品的认可。

许彬佚作考辨

许彬现存文献均为辑佚所得，数量虽不甚多，但遗存的文章种类丰富，疏、序、记、墓志铭等文体诸备。笔者在对许彬佚作进行搜集与整理工作时，往往会参考史书中的相关记载，以免有失收、遗漏之处。如黄槐的《双槐岁钞》记载许彬曾撰写《麒麟狮子福禄玄虎四祥》诗，虽已散佚，仅存诗名，但仍可作为许彬台阁体诗风的佐证。又如《国史唯疑》卷三记载，长史杨述的墓志铭出自许彬之手，此正与辑佚的《辽府右长史杨公述墓志铭》相合。其中对明代正史《明实录》的查阅之时，笔者注意到，《明实录》提及许彬代英宗撰写罪己诏与敕谕之事，却未记载诏与敕文的具体内容，而明人著述的《北使录》与《皇明诏令》则保留了诏敕原文。现对此进行考辨，以对许彬之文进行增补。

正统末年的"土木之变"战败，英宗被掳北上，随从死伤数十万，给明廷造成沉重的打击。次年，瓦剌首领也先求和并准备释放英宗归朝。鉴于惨痛的历史经验与教训，明代君臣对也先求和的行为保持警惕与不信任的态度。此时许彬主动表态，愿意前往宣府迎接英宗。据《明英宗实录》记载，许彬是在景泰元年（1450）八月癸未到达宣府，"是日，太上皇驻跸宣府行殿，少卿许彬来迎，命写罪己敕谕文武群臣,仍遣彬谕祭土木阵亡官军。"许彬迎见英宗后,被皇帝委以撰写罪己诏、敕谕以及谕祭土木阵亡官军的重任,可见许彬确有代写之事。此事也被张廷玉(1974)等撰《明史》记载下来:"上皇命书罪己诏及谕群臣敕,遣祭土木阵亡官军,以此受知上皇。"据《明史》编纂者解释,许彬正因代写一事而得英宗赏识,可见此事对许彬宦途的重要意义。除了正史的记录,许彬代写还见载于刘定之的《否泰录》(浙江范懋柱家天一阁藏本)中,其云:"十五日,驻唐家岭,上遣内阁学士许斌、商辂至,太上命书避位,免群臣迎。"通过官方记载与私人的记录可知,许彬宣府迎驾与代撰诏敕之事确为实情。

然而正史中虽明确记载许彬曾代写诏敕,但其所作之文未被《明实录》收录,加之许彬文集的散佚,此三文遂不得见。笔者在对英宗"北狩"史料查阅之时,偶然发现《北使录》(明万历四十五年陈于廷刻本)一书中存有诏、敕之文,现将其摘录如下:

> (八月十五日)本日,奉太上皇帝诏,告文武群臣:"朕以不明,为权奸所误,致陷于虏廷。已尝寓书朕弟嗣皇帝位,典神器,奉钦宗祀,此古今制事之宜,皇帝执中之道也。朕今幸赖天地祖宗之灵,母后皇帝悯念之切,俾虏悔过,送朕还京。郊社宗庙之礼,大事既不可预,国家机务之重,朕弟惟宜。文武群臣务悉心以匡其不逮,以福苍生于无穷。朕到京日,迎接之礼悉从简略,布告有位,咸体朕怀。"
>
> 太上皇敕谕文武群臣:"朕以眇躬,昔受先帝遗命,祖宗洪业,俾付于朕。深惟负荷之恩,朝夕惶惧,以图治理。去年秋,丑虏傲虐,背恩负义,拘我信使,率众犯边,有窃窥神器之意。朕不得已,亲率六师,往问其罪,不意天示谴罚,被留虏中。屡蒙圣母上圣皇太后、皇帝贤弟笃念亲亲之恩,数遣人迎取,上赖天地大恩,祖宗洪福,幸得还京。尔文武群臣欲请重以迎接之礼,朕辱国丧师,有玷宗庙,又何面目见尔群臣?所请不允,故谕。"

《北使录》的作者李实,字孟诚,四川合川人。他曾于景泰元年六月出使瓦剌,与也先交涉迎英宗回朝,被拒后还京奏请迎驾。虽然李实未能亲自迎接英宗,但他详细记述了此次出使的经历,也涉及英宗归朝史实,其中尤其珍贵的是保留了英宗南归途中发布的两则诏敕，为许彬文章的考辨提供史料依据。

如前所述，《明英宗实录》与刘定之的《否泰录》（浙江范懋柱家天一阁藏本）均记载许彬景泰元年十五日迎见英宗，并被命撰诰、敕与祭文。李实在《北使录》（明万历四十五年陈于廷刻本）亦有同样的记载："十五日，到唐家岭，遣使回京，诏文武群臣，言避位之由。十六日，敕文武群臣免朝见之礼。"相较前两文之记载，李实明确提出了诏敕之文的发布日期，十五日发布说明避位之由的诏书，即罪己诏，十六日则是免群臣朝见礼的敕谕。无论从撰写的时间、记述内容以及文章体例来看，均与许彬代写史实的记述相吻合，因此笔者推测李实《北使录》中的诏敕之文，实际上出自许彬之手，正是许彬代英宗所作之文。此后编纂于嘉靖时期的《皇明诏令》亦收录了诏令文章，内容与李实记述基本相同，且撰写的时间也完全符合李实之语，并命名其为《上皇还京诏》与《上皇免朝敕》。

关于许彬撰写的诏令文章未被《明实录》收录，笔者推测这当中或有两个缘由。其一是英宗本人对南归之事态度较为敏感。其复位初年，便"罢浙江参政王竑、右都御史李实俱为民，子孙永不叙用……实尝使虏，还作《出使录》，多妄谬夸大之言"（《明英宗实录》卷二七五）。从英宗对李实《出使录》"妄谬夸大"评价以及"子孙永不叙用"的惩罚，可以看出其本人对北狩之事有刻意回避之嫌。而英宗的介意之态，无疑会影响《明英宗实录》编纂者的态度，从而对李实提及的诏令刻意拒收。其二则与撰写实录之人的创作心态有关。史官在对历史事实进行秉笔直书之时，也时常受到外界多种因素的制约，为尊者讳是一贯的史学心态。对此谢贵安（2013）指出："《明实录》是关系到当朝皇帝父兄言行的特殊当代史，在正面歌颂其丰功伟绩上作直书容易，但在批判和揭露其丑行罪恶上，往往会触犯当朝皇帝的忌讳，进行直书就很不容易。"许彬代写的诏敕文章是南归之途所作，正是英宗负面时期的见证。因此史官撰写此段史实，或出于避讳之因，对材料进行有意识删削，许彬撰写的诏令文章也不得载入史册之中。

由于英宗或史官的避讳，许彬代写的诏令文章未能被收录于正史之中。但史册中仍留有相关的记载，将其与李实的《北使录》进行对比，可以明确许彬诏令文章的具体内容、丰富许彬的著述成果。

许彬作为明代重要的历史人物，对于他的研究长期处于尴尬的境地。正如学者魏伯河(2014)所言:"因为长期在翰林院供职,被视为文学侍从之臣,不被历史学家所重视;而又因为被列入馆阁体作家,又一直被文学史家所忽略。"对许彬诗文集的辑佚与考辨,有益于完整地展现出许彬作品的全貌,从而引起学术界对许彬这一历史人物及其作品的关注。

| 参考文献 |

[1] 刘定之. 否泰录 [M]. 浙江范懋柱家天一阁藏本.

[2] 李实. 北使录 [M]. 明万历四十五年陈于廷刻本.

[3] 刘珝. 古直先生文集 [M]// 四库全书存目丛书编纂委员会. 四库全书存目丛书(集部第 36 册). 济南:齐鲁书社,1997:100.

[4] 李贞修. 宁阳县志 [M]. 王正容,纂. 徐汝冀,续修. 明万历刻本.

[5] 魏伯河. 老来更重桑梓情——明代诗人许彬晚年诗歌例析 [J]. 现代语文(学术综合版),2014(03):36-38.

[6] 王越. 黎阳王太傅诗文集 [M]// 四库全书存目丛书编纂委员会. 四库全书存目丛书(集部第 36 册). 济南:齐鲁书社,1997:510.

[7] 宁阳县史志办公室. 明代内阁首辅许彬史料汇辑 [M]. 北京:线装书局,2018.

[8] 谢贵安. 明实录研究 [M]. 上海:上海古籍出版社,2013.

[9] 谢辉. 梵蒂冈图书馆藏《东鲁许先生文集》初探 [J]. 历史文献研究. 2015(1):176-183.

[10] 张廷玉,等. 明史 [M]. 北京:中华书局,1974.

[11] 台湾研究院历史语言研究所. 明英宗实录校勘记 [Z]. 台湾研究院历史语言研究所校印,1962.

| 作者简介 |

岳秀芝,青岛大学文学与新闻传播学院研究生,研究方向为明清文学。

桐城三祖与文人私传

刘　畅

摘　要: 桐城三祖作为不居史职的文人,其传记文创作比较有特色和价值。他们对于文人私传的观点修正了顾炎武提出的"不当作史之职,不为人立传"的论点,强调文人私传的"补史"作用。这一观点既有利于改变明末私传的应酬之风,又体现了桐城三祖的尊史意识和维护正史列传权威性的主张。从明清时代背景出发,以文人私传论点流变情况为基础考察桐城三祖的"补史"观点,可以一窥正史列传和文人私传之间私人话语对官方权力的妥协和官方权威对私人话语的让渡关系,以及中、西传记文的创作差异,从而深化认识我国古代的传记文学。

关键词: 桐城三祖;文人私传;补史;官方权力;私人话语

桐城派是清代延续时间最长,影响最大的古文流派。桐城三祖作为桐城派的奠基人,在古文理论、各体创作等方面为桐城派的发展打下了基石。传记文作为桐城三祖比较有特点和艺术价值的文体,历来对其关注多集中于人物塑造、艺术手法和继承革新等方面。但有一个基础问题却处于被忽视的状态,就是桐城三祖对于不居史职的文人创作传记文,即文人私传的态度问题。那么文人私传是如何产生演变的? 文人私传又有何存在的价值? 桐城三祖身为不居史职的文人创作了大量的传记文,他们如何看待文人私传?本文拟从桐城三祖对文人私传的态度问题切入,以时代氛围为背景,以私传的流源情况为线索进行考察,可为认识官方权力与私人话语的关系提供一种新的角度,也可认识到中、西传记创作观念的不同,从而加深对我国古代传记文理论的理解。

文人私传论点的流变情况

文人私传是一个相对于正史传记的概念,是指不居史职、不做史官的文人,以私人身份创作的符合正史列传体例的单行传记文。

纪传体正史以西汉《史记》的诞生为标志,东汉则有《汉书》,所以文人私传和正史列传的区分也自汉末开始。汉末魏晋时期出现了大量别传,《隋书·经籍志》中的杂传类是最早收录别传的。《三国志》《世说新语》《北堂书钞》《艺文类聚》《太平御览》等中都收录有大量的别传,如收录于《三国志》中的《赵云别传》、收录于《世说新语》中的《嵇康别传》。这一时期文人文集中也有此类传记文的创作,如陶渊明集中的《孟嘉传》和自传性质的《五柳先生传》。据逯耀东(2006)在《魏晋史学的思想与社会基础·魏晋别传的时代性格》中的统计,这一时期的别传数目达 211 种之多。

至唐代,"私传"这一称呼被正式提出,刘知几(2009)在《史通·烦省》中首提"私传"之称:"降及东京,作者弥众。至如名邦大都,地富才良,高门甲族,代多髦俊。邑老乡贤,竞为别录;家谱宗谱,各成私传。"自刘知几后,私传之名被沿用下来,明初的宋濂,清代的沈德潜、毛奇龄、章学诚、王芑孙等都在文章中在与史传相对意义上使用了私传之名。唐代开始出现与正史传记相对的私传这一概念,恐怕是缘于唐代的修史环境。唐代官方史学极为发达,纪传体史书定于一尊。唐太宗李世民设馆修史,国史制度确立。唐初编修的纪传体正史就有《晋书》《隋书》《周书》《梁书》《陈书》《北齐书》《南史》《北史》八部史书,占了我国二十四史的三分之一。如此发达的正史编修的影响下,不仅私传正式定名,而且由于朝廷对修史的干预,文人私传数量较少且有游戏化倾向,顾炎武(2006)指出:"《毛颖》《李赤》《蝜蝂》则戏耳而谓之传,盖比于稗官之属耳。"

唐代韩愈的《毛颖传》、柳宗元的《李赤传》《蝜蝂传》等都是借"传"之名以阐发作者的观点。而符合史传体例和写法的《段太尉逸事状》却不以"传"名，是因为作者柳宗元不居史职，"若段太尉则不曰传，曰'逸事状'。子厚之不敢传段太尉，以不当史任也"。宋元仍沿袭唐代的传统，文人少作此类传记文，即便以"传"命名之篇也多为游戏之作，就拿宋代的苏轼来说，以"传"命名的有十一篇，其中有六篇为游戏之作。

明代这种风气得到转变。明代商品经济发展，文化出现下移，市民、乡绅阶层壮大，这些人没有入史资格，但是他们本人尤其是子孙，希望能将自己或者先人的生平事迹记录下来以传后代，这就出现了大量请作的传文。当时文人以私人身份为请作者或其家属创作传记文成一时风气。明代吴讷（1959）指出："厥后世之学士大夫，或值忠孝才德之事迹，虽微而卓然可为法戒者，因为立传以垂于世。"李开先（2014）在《李中麓闲居集》卷一一《何大复传》中也说明了请作成风的原因："关中王渼陂、李崆峒、康对山、吕泾野、马溪田，河南何大复同以文章命世，为人作传状碑志，可因而耀今信后。"但是正因为是请作应酬之文，这一时期的上乘之作并不多，尤其是明末多流于应酬客套。冯时可《雨航杂录》曾记载了当时人对这类应酬请作传文的评价："前见徐叔明云：'王元美为人作传志，极力称誉，如胶庠试最乃至微细事，而津津数语，此非但汉以前无是，即唐宋人亦无此陋。'"针对这一现象，清初，人们开始了对文人是否能创作私传的讨论。钱谦益（2009）虽有私传作品，但他明确表示"平生不为人作传"，因为为应酬请作而作的私传非史法会影响这一文体的专门性和权威性，"余尝以谓今人之立传非史法也，故谢去不为传"。顾炎武（2006）则表示作"传"属于史家之职，文人不应该作"传"文："列传之名始于太史公，盖史体也。不当作史之职，无为人立传者。……韩文公集中传三篇：《太学生何蕃》《圬者王承福》《毛颖》。柳子厚集中传六篇：《宋清》《郭橐驼》《童区寄》《梓人》《李赤》《蝜蝂》。《何蕃》仅采其一事而谓之传，王承福之辈皆微者而谓之传，《毛颖》《李赤》《蝜蝂》则戏耳而谓之传，盖比于稗官之属耳。若段太尉则不曰传，曰'逸事状'。子厚之不敢传段太尉，以不当史任也。自宋以后，乃有为人立传者，侵史官之职矣。"这是对"传"这一文体的权威性的重申。钱谦益和顾炎武对晚明文人"传"文泛滥且质量不高的风气进行了反拨，体现了他们的尊史意识。

桐城三祖对文人私传的看法

在明末文人私传流于敷衍客套、应酬僵化,明清有识之士对文人私传批判否定的背景下,方苞、刘大櫆、姚鼐也表达了自己的观点。

方苞对顾炎武的"不当作史之职,无为人立传"进行了一定的修正。方苞(1983)认为:"家传非古也,必厄穷隐约,国史所不列,文章之士乃私录而传之。"方苞的这个观点看似是对顾炎武观点的补充,其实将文人作传抬高到了补充正史传记的高度,是对文人所作传记价值和作用的肯定。顾炎武认为的不"侵史官之职"的传记文,如《毛颖传》《蝜蝂传》《种树郭橐驼传》,其实是"稗官之属",近似于小说家之言和正史列传完全是两回事,而方苞认为国史不列的文人私录的传文则是基本要符合史传创作体例的。自唐创立国史制度后,历代对入史人物的身份、条件等要求都比较严苛,即便是社会上层的达官权贵也非人人都可入史,所以方苞所说的"厄穷隐约,国史所不列"之人其实范围非常广,绝不是字面上看似的社会下层人。方苞的这一观点也得到了一部分人的拥护,如王芑孙(2010)在《惕甫未定稿》所载《故知县朱君继妻蔡孺人家传》中说道:"余惟私传之作,将以补史臣之阙。盖谓奇节伟行,有宜书而不见书者则传之。"王芑孙将方苞没有直言的文人作传以补史的观点明确阐发出来。

方苞还认为文人作传的"补史"作用不仅在于补充记载正史记录不到的人、事,还在于纠正正史的一些偏颇之处。方苞(1983)在《书杨维斗先生传后》中指出,在《明史》已有记载的情况下仍作传文,是因为"逐秉谦吕、钱之义,与泾阳之显明臧否,至今为淫辞所蔽晦,故表而出之"。因为《明史》存在记载不清的地方。方苞甚至还认为即便正史记载过的人物,也可以另作单篇传记文来补充发表评论和感慨。在《书卢象晋传后》中,方苞(1983)明确表示"正史既具",但对于卢象晋"请效死边外。而当轴者始欲致罚"的遭遇有所"窃叹"而为此传文。

刘大櫆注意到了传这种文体对传主身份的特殊要求。刘大櫆的原话在现

存的《刘大櫆集》中已找不到了,但姚鼐(2017)在《古文辞类纂·序目》中引用了刘大櫆的这一观点:

> 刘先生云:"古之达官名人传者,史官职之。文士作传,凡为圬者、种树之流而已,其人既稍显,即不当为之传;为之行传,上史氏而已。"

刘大櫆注意到了为"稍显"之人,即"达官名人",所作的史传和为"圬者、种树之流"而作的私传的区别,也注意到了传与行状等文体的差别。虽然刘大櫆赞同顾炎武的文人私传只为"圬者、种树之流"而作,身份"稍显"就只能为其作以行状等的观点,但在实际创作中,他如果发现史传存在缺失,仍会作传来补史之阙,如他的《郑之文传》,为一位"功著海上"的武将所作。他在文末指出:"余谓传者,史官之职也,余不可以侵其官。而用牧以国史所书,为里巷之人所不见,终以请,聊为述之如此。"虽然不想侵史职,但是为了补史仍作此传,说明刘大櫆已在实践中继承方苞的观点,还是突破了顾炎武"不当作史之职,无为人立传"的观念。

姚鼐则指出了方苞、刘大櫆和顾炎武对文人作传看法存在差异的原因,并延续方、刘的补史观点。姚鼐(2017)在《古文辞类纂》中首先赞同自己引用的刘大櫆的观点:

> 余谓先生(按:指刘大櫆)之言是也。虽然,古之国史立传,不甚拘品位,所纪事犹详。又实录书人臣卒,必撮序其生平贤否。今实录不纪臣下之事,史馆凡仕非赐谥及死事者,不得为传。乾隆四十年,定一品官乃赐谥。然则史之传者,亦无几矣。余录古传状之文,并纪兹义,使后之文士得择之。

姚鼐认同刘大櫆的看法并由刘大櫆的话引入,而后以"虽然"转折,比较了古今入史人物遴选标准的差异。"古之国史立传"范围广,不拘于人的身份地位。而当时标准严格,只有"赐谥及死事者"才有资格入史。史传入选的标准变了,那么文人作传也应相应做出调整,从原来的游戏之作或者为底层"微者"作传而扩大范围,涵盖更多被史传排除在外的没有资格入史的人物,这样才能真正发挥这类传记文的补史作用。姚鼐的观点继承方苞并立足于当时国史列传的实际遴选情况。姚鼐（1992）也明确表示文人作传有重要的补史价值，不可废除："唐时凡入史馆者，必令作名臣传一，所以觇史才。今史馆大臣传，率抄录上谕吏牍，谓以避党仇誉毁之嫌，而名臣行绩，遂于传中不可得见。然私传安可废乎？"同样在古今作史情况的对比中，姚鼐明确指出当时的政治形势和社会弊病会影响国史的记载，这就更加需要文人作传来发挥补史的作用，以弥补甚至是纠正正史传记的不足。同时姚鼐（1992）还对当时史职人员的史学素养和正史传记的质量表达了怀疑和担心："世推良史，何尝以其职哉？自是之后，居史职者，往往属诸上车不落之才，而具史才者，不得居其职，是亦多矣。"有史才的人作不了史官，而勉强能登上仕途不落选的才学不精之人反而可以居史职，这种现象从魏晋南北朝时期便已出现，在这种情况下，怎么会不需要文人作传来"补史"呢？

在理论上，桐城三祖方、刘、姚之间一脉相承又有所发展，但在实际创作中，三人存在一些差别。方苞以"传"命名的文章有十七篇，除《明史无任丘李少师传》中的传主有一定的社会地位外，其他篇均为社会中下层人物。即便是《明史无任丘李少师传》虽以"传"名，但主要以阐发论点为主，在《方苞集》中也归于"杂文"类。而地位显赫之人方苞则多以逸事记之，如《左忠毅公逸事》《高阳孙文正公逸事》。刘大櫆（1990）文集中以"传"名的有三十四篇，有社会下层人物如《乞人张氏传》，也有知县、通判等虽为官员但地位并不显赫，没有入史资格的人，如《偃师知县庐君传》《松江府通判许君传》等。姚鼐编纂的《古文辞类纂》"传状类"中，唐宋八大家以下收录有归有光的"传"五篇，方苞的"传"两篇，刘大櫆的"传"三篇，均为社会下层人物。在姚鼐的文集中有二十二篇"传"，其中的《礼恭亲王家传》和《方恪敏公家传》，一篇为亲王所作，一篇传主方恪敏公官至总督加太子太保，都是当时处于社会上层，身份地位显赫之人。姚鼐为他们作传是对顾炎武强调的"微者"原则的打破，相比方、刘为社会中下层人作传又更进一步扩大了文人作传的收录范围，进一步发挥了其补史作用。

方苞、刘大櫆、姚鼐从对文人作传的看法到实践都在一步步摆脱唐人近于小说家的"游戏"之传，同时因为他们将文人作传视为补史之用，也一定程度纠正了晚明应酬请作之传的敷衍客套之风。三祖中，方苞首先表示要扩大文人作传的书写范围，以起到补史的作用。刘大櫆的言论只有姚鼐记载下来的，基本延续了顾炎武"不当作史之职,无为立传"的观点。但是,刘大櫆的创作却是在践行方苞的观点,甚至相比方苞,将文人作传的记载范围又扩大了一些,扩大到为社会上的普通官员作传。到姚鼐,他对于文人作传问题表达的最为明确。姚鼐解释了要扩大文人作传的书写范围的原因是史传的收录范围有变化,而且当时史官作传存在弊病,指出了在这样的情况下文人作传具有不可替代的补史作用,并且将社会上层人物拉入文人作传的书写范围中。总之,桐城三祖都重视不居史职之文人创作的传记文的补史作用。

余 论

桐城三祖对顾炎武的观点进行修正,提出以私传补史的论点是与当时统治者的观点相契合的。乾隆年间刊行的《御选唐宋文醇》,康熙和乾隆二位皇帝均作有御评,此书是统治者文艺导向的体现。其中卷二《圬者王承福传》后有评语云:"史有二:记事,记言。《左传》记事也,《国语》记言也。韩集私传二,《何蕃传》记事也,《王承福传》记言也。其言有足警鄙夫之事君,明天之不假易,而民生之不可以偷,则不可以无传也。然而国史之所不得载,则义得私立传也。"从书中可见,清朝统治者肯定文人私传的补史作用。方苞、刘大櫆、姚鼐的私传补史观,是对统治者观点的拥护,虽为私传争取到了一定的地位,但其实是对正史权威的一种变相尊崇。只有在正史列传所忽略或者不得记载的地方才有文人私传的生存空间,正如《御选唐宋文醇》中云:"国史之所不得载,则义得私立传也。"关于文人私传的争论其实是私人话语对官方权力的妥协和官方权威对私人话语的让渡。

自正史列传出现以来,文人私传就与其有着对立统一的关系。文人私传从一种自发的创作到被广泛地关注,到成为争论的焦点。这主要是因为我国的古文作为一种文体,自来便是与政治有着密切的关系,它与小说、诗歌、戏剧等文体不同,从起源上便是一种实用文体。如诏、册、书、表都是与政令颁布、建言建议相关的文体。就拿我国第一部纪传体通史《史记》来说,其创作目的,司马迁在《报任安书》中表示是要"究天人之际,通古今之变,成一家之言",是为了通过记叙以往的历史事件"稽其成败兴坏之纪"。之后的史传书写更是离不开统治者的干预,刘知几(2009)在《史通》中记载了自己参与修国史时,每逢与监修贵人观点相左"凿枘相违,龃龉难入",都只能"依违苟从",屈从于统治意志的代表。因为古文这种文体与政治的密切关系,特别是正史列传的编修受到统治者的控制,文人私传只能在夹缝中求得发展空间,文人私传的创作也成为一种对正史传记权威性的试探,与政治有关,是私人对官方话语权的征求。这也导致了我国传记文与西方传记文学的差异。

西方传记文很早就与史学分开,发展成为独立的文体,而在我国文人私传不仅长期受到官方史学的影响,还有来自政治的压力。汪荣祖(1989)曾说:"西人史传若即若离、和而不合。传可以辅史,而不必即史。传卒能脱颖而出,自辟蹊径,蔚为巨观矣。包斯威尔传乃师约翰逊之生平,巨细靡遗,栩栩如生,煌煌长篇,俨然传记之冠冕也。反观吾华,史汉而后,绝少创新,殊乏长篇巨制,类不过千百字为一传。……虽以纪传为正体,独乏包斯威尔传人之大作,抑传为史体所囿欤?""明人有'传乃史职,身非史官,岂可为人作传'之说,包斯威尔固非史官也,宜乎明人之无包斯威尔也。"我国的传记文遵循一定的行文规范,篇幅较短小,难以像西方传记文一样"自辟蹊径,蔚为巨观矣"。文人私传或以游戏笔法写成,或补充记载无法入史的小人物,这也容易给人留下我国"没有崇拜伟大人物的风气"的误解。所以正确认识并理解我国的传记文,文人私传观点的演变以及影响是一个不可忽略的问题。

| 参考文献 |

[1] 方苞. 方苞集 [M]. 上海:上海古籍出版社,1983.

[2] 冯时可. 雨航杂录 [M]. 景印文渊阁四库全书(第867册).

[3] 顾炎武. 日知录集释 [M]. 上海:上海古籍出版社,2006.

[4] 李开先. 李中麓闲居集 [M]// 李开先. 李开先全集. 上海:上海古籍出版社,2014:607.

[5] 刘大櫆. 刘大櫆集 [M]. 上海:上海古籍出版社,1990.

[6] 刘知几. 史通通释 [M]. 浦起龙,注. 上海:上海古籍出版社,2009.

［7］ 逯耀东. 魏晋史学的思想与社会基础［M］. 北京：中华书局，2006.

［8］ 钱谦益. 牧斋初学集［M］. 上海：上海古籍出版社，2009.

［9］ 汪荣祖. 史传通说——中西史学之比较［M］. 北京：中华书局，1989.

［10］ 王芑孙. 惕甫未定稿［M］// 国家清史编纂委员会. 清代诗文集汇编（第442 册）. 上海：上海古籍出版社，2010：397.

［11］ 吴讷. 文章辨体序说［M］// 郭绍虞. 中国古典文学理论批评专著选辑. 北京：人民文学出版社，1959：49.

［12］ 姚鼐. 古文辞类纂［M］. 武汉：崇文书局，2017：2.

［13］ 姚鼐. 惜抱轩诗文集［M］. 上海：上海古籍出版社，1992.

［14］ 允禄，等. 御选唐宋文醇［M］. 景印文渊阁四库全书（第 1447 册）.

| 作者简介 |

刘畅，青岛大学文学与新闻传播学院讲师，研究方向为元明清文学。

张问陶川蜀纪行诗的书写及性灵派特征

龚　雪　周　潇

摘　要:清代性灵派诗人张问陶六次穿越蜀道,两次途经三峡,出入川蜀故园,期间创作了约一百五十首有关蜀道及川蜀的诗歌。从写作视角上说,既有赞美川蜀宏伟秀丽的山水风光的,也有记录穿越蜀道艰辛的,还有对行走过蜀道的前人及其事迹的咏叹感怀,以及对民生疾苦的深切同情。从创作特色上看,带有鲜明的"性灵"派诗歌特征,具体表现为纯用白描,流利清巧;奇趣横生,出人意料;诗中有画,如临其境。

关键词:张问陶;《船山诗草》;川蜀纪行诗;性灵派

张问陶是乾嘉时期的著名诗人,四川遂宁人,乾隆二十九年(1764)出生于山东馆陶县。乾隆五十三年(1788)中举,曾任翰林院检讨、江南道监察御史、吏部侍郎,后又出任莱州知州,卒于嘉庆十九年(1814)。张问陶与袁枚、赵翼合称清中叶"性灵派三大家",与彭端淑、李调元合称"清代蜀中三才子"。他主张作诗要抒写性情,强调独创,认为"诗中无我不如删",诗歌收录在《船山诗草》中。张问陶天才横溢,被誉为清代"蜀中诗人之冠""青莲再世""少陵复出"。

张问陶一生从山东到江汉,由湖南至北京,西归四川,足迹遍布各地。期间六次穿越川蜀古道,两次路径长江三峡,出入川蜀故园,创作了大量有关蜀道及川蜀的诗歌。张问陶（1986）《船山诗草》中的相关诗作约有一百五十首，书写了人生不同时期丰富的游历感受。将川蜀的地域特色——呈现，融情入境，自然如画，清新俊逸，独具风格，显示出卓绝的才华，具有极高的审美价值。

张问陶的川蜀行迹与诗作

郭丽琴（2013）指出："纪行诗就是诗人对其出行过程的记述与整理，在题材内容上主要包括交代出行原因，记录行踪，描绘山川景物、登山览胜等途中的所见所闻；在思想感情上主要表达作者或悲或喜的内心情绪；在艺术方面以真实再现为主，采用多种手法记录作者的见闻。"川蜀的地域范围大概是四川省，古为蜀国之地，川蜀是以后世在此建制的行政区划简称为名。张问陶川蜀纪行诗在地域范围上扩至蜀道所经之处，清晰准确地记录了他经行蜀道及川蜀的行迹与所见所感，也有部分是反映白莲教起义、百姓困苦处境和清军腐朽衰败的，描绘了川蜀地区的山川风貌、历史古迹、民俗风情，反映出蜀道的艰险奇秀以及旅途的艰苦，一些著名的地方往往一地一诗、一地多诗，蕴含着游于山水之间的恣意、回归故乡的渴望以及系心民生、感伤现实的情怀。

根据其行进轨迹和诗歌内容，可以将其川蜀纪行诗分为四类：第一类是描绘宏伟秀丽的川蜀风光的。每次入川出蜀，张问陶都以新的视角领略途中的山川景物，描绘所见山峰、栈道、丛林、怪石、险滩、急流，表达了他对所见景物的喜爱赞叹，也流露出思归怀乡之意。第二类是写穿越蜀道的艰险辛苦的。写出了山路崎岖，路况的艰险波折以及立于栈道危壁之上的胆战心惊，将"蜀道难"更加生动地呈现出来。第三类是咏叹感怀前人事迹的。张问陶所至之处，除了有雄奇的自然风光外，还有留侯祠、武侯祠、苏轼祠堂等历史古迹，他写下了自己面对这些古迹盛景时的所见所思，反思现实社会，在其中寄寓了自己的为官之道和忧国忧民的感情。第四类是对民生疾苦表示深切同情的。张问陶忧心民瘼，关注民生，对处于战火以及旱涝灾害之中的百姓表现出深切的关怀，同时也对清军的贪腐残暴以及官吏和统治者的昏庸进行了揭露。

从《船山诗草》所收诗歌顺序与题目中的地名变换，可以发现张问陶出入川蜀的路线移动轨迹。大致是从剑门关、桔柏渡、七盘关、五丁峡、大安驿、青羊驿、百牢关,到褒斜道,前行至褒谷口,由褒沔路上金牛道,经紫柏山、心红峡、黄牛堡、煎茶坪、益门镇到成都,后再按原路回京。张问陶八次出入川蜀的时间、原因和诗作具体见表4。

表4　张问陶八次出入川蜀情况

	时间	任职	原因	诗作
第一次	乾隆五十年乙巳(1785)	无	新婚回家拜见父母	《入峡病中同亥白兄作(三首)》《莎矶》《初归遂宁作》《射洪》《潼川》《盐亭》《行次盐亭》《客夜》
第二次	乾隆五十三年(1788)	无	赴京参加顺天乡试	《三月十一日,由栈道入京师,发成都作》
第三次	乾隆五十四年(1789)	无	会试落第,回返遂宁	《望太白山》《望栈道作》《七盘岭》《煎茶坪题壁(二首)》《紫柏山》《出褒谷》《褒沔道中》《沔县谒武侯祠》《百牢关至青羊驿杂詠(四首)》《雨后过五丁峡》《宁羌州》《牢固关》《入七盘关》《金鳌岭》《飞仙岭》《嘉陵江上》《费祎祠墓》《天雄关》《桔柏渡怀何易于》《入剑阁》《剑州》《剑州道中回望大剑山》《武连驿夜雨》《上亭驿》《出栈(二首)》《月夜宿梓潼(二首)》《绵州》《金山驿(二首)》
第四次	乾隆五十四年(1789)	无	赴京参加恩科会试	《己酉十一月七日遂宁西门桥下别家人》《简州晓发》《绵州客夜》《德阳途次》《李业石阙》《三过上亭驿》《弥牟道中》《龙洞背》《神宣驿》《青羊驿》《壬戌祠》《青羊桥》《益门出栈》《心红峡》《冯唐故里》
第五次	乾隆五十六年(1791)——乾隆五十七年(1792)	翰林院庶吉士		《入栈即事(六首)》《五星台道中》《入大散关》《心红峡》《紫柏山谒留侯祠》《褒谷闻蝉四月十五日作》《青山寺》《四月十八日宿松林驿枕上作》《入七盘关宿转斗铺即事》《九月四日将归遂宁发成都龙泉驿道中口占》《石佛场》《初冬赴成都过安居题壁》《乐至县》《冬日游浣花草堂同林松严朴园兄弟作(四首)》《青羊宫》《惠陵》《壬子正月二日出江桥山即目》《灵泉寺僧楼》
第六次	乾隆五十七年(1792)	翰林院庶吉士	携眷归京	《嘉定舟中》《青神》《壬子十二月六日与亥白兄携酒游凌云山》《犍为道中》《腊八过叙州(二首)》《晚泊泸州》《泸州》《合江县滩上作诗投西凉王》《少岷山》《石门驿》《猫儿峡》《龟亭子》《涪州》《丰都山》《雨后过丰都》《花林驿》《石宝寨》《巫峡同亥白兄作》《大溪口风雪》《瞿峡峡》《舟中遥望巫山》《瞿塘巫峡》《峡中作》《南广》

续表

	时间	任职	原因	诗作
第七次	嘉庆二年（1797）	翰林院检讨	由京师返蜀守制	《九月褒斜道中即事（二首）》《紫柏山谒留侯祠》《九月十九日峡中遇警三更发神宣驿天明至朝天由水驿趋昭化》
第八次	嘉庆三年（1798）	翰林院检讨	奔父丧后返京	《正月十七发成都口占》《戊午二月九日出栈宿宝鸡县题壁十八首》
写作时间不明确的诗作				《过东禅寺》《雪后宿大木成》《青羊桥》《山行杂詠》《成都冬日杂诗》《益州怀古》《古佛堰》《长峡》《江安舟中遣怀》《雨中泊纳溪县》《腊月十七日下巴峡》《由湖滩至峨眉碛》《剑关遇雪》《金山驿（二首）》《桔柏渡舟中回望牛头山》《出七盘关踏雪抵宁羌州》《安平驿西夜泊》《入栈》《柴关岭》《詠五丁关前大树》《万流驿》

张问陶川蜀纪行诗的书写视角

张问陶的川蜀纪行诗描绘了川蜀地区的山川风貌、历史古迹、民俗风情，反映出了蜀道的艰险以及旅途的艰苦，蕴含着游于山水之间的恣意、回归故乡的渴望以及崇尚先贤、系心民生、感伤现实的情怀。

（一）诗情画意：川蜀秀美风光的书写

"天下之山水在蜀"，川蜀风光的雄险奇秀一直以来都被文人墨客大加赞赏，在张问陶有关川蜀的诗作中，有五十四首诗描写了川蜀壮美旖旎的风光，其中有在蜀道所见的雄奇景色，有日思夜想的故园景致，还有与友人的出游所见。张问陶在诗、书、画方面造诣极深，不拘隔套，非出胸臆，不肯下笔，在写诗时常将绘画技巧融入诗的表现手法当中，在表现和描绘川蜀风光时更加清新俊逸。

未入蜀道，站在渭河平原南望入蜀栈道，看到的是"乱峰迎客舞，一水抱沙昏。峡仄牛羊细，林高虎豹尊"（《望栈道作》）。初入蜀道，诗人看到的一切都是新鲜惊奇的。山迎面而来，"乱峰迎客舞"，诗人运用拟人的修辞手法写自己所见到的蜀道风光,乱石林立,像是为欢迎诗人的到来跳起了舞蹈,一湾溪水环绕着栈道之下的沙丘,蜀道险峰林立,怪石乱出的奇伟景观仿佛就在眼前。

继续向前走至百牢关,"云气失四山,空明如积水。亦知峰万重,且作平原喜"(《百牢关至青羊驿杂詠(其四)》)。四围层层叠叠的青山失去了云雾的遮挡都显露出来,天色空明好像一汪积水,一眼望去赏心悦目。

行至"云栈第一佳处"心红峡:"万绿拥孤峡,春归花自妍。日斜苔壁冷,云重石桥偏。一水净无暑,数峰青可怜。蛮烟飞不到,合是此山川。"(《心红峡》)春末夏初的心红峡,一幅绿树、春花、峰青、苔苍、石桥、斜阳的山水画映入眼帘,使人顿觉无暑,色调清丽,情韵自然,作者的惊奇、喜爱以及流连忘返之情跃然纸上。"峡云微酿雪,十里几阴晴。野鹤峰头老,疏林石上生。"(《心红峡》)冬季的峡谷之中阴晴变幻不定,树木稀疏的生长于山石之上,给人以超脱于世的清冷之感,与春末夏初之时的景色形成了鲜明的对比。

对最能体现川蜀奇险特点的三峡,作者写下了《舟中遥望巫山》《下巴峡》《石宝砦》《瞿塘峡》《白帝城》《巫峡同亥白兄作》《入巫峡》等描绘三峡雄奇风光的名作。从泸州顺长江直下,一直到了瞿塘峡,回首遥望身后的巫山:"直抵瞿塘秀,巫山十二峰。灵祠春梦晓,古峡雨痕浓。石气围孤艇,江声走毒龙。阳台云自好,林壑暮重重。"(《舟中遥望巫山》)春季巫山错落有致的十二座山峰上,巫山神女峰的祠中,拂晓时的梦刚醒,便看见崖壁上还留有下过雨的痕迹。蒸腾的雾气环绕着山石和诗人乘坐的小小孤舟,涛涛的江声像是狠毒凶残的毒龙在水底游走,天上的云彩正好,卷舒有致,树林和山谷烟幕重重,仿佛是来到了仙境。回首遥望背后的巫山,作者不由联想到了"旦为朝云,暮为行雨"的巫山神女,引用"巫山云雨""阳台梦"的典故,如梦般描绘了水气蒸腾、波涛汹涌、奔腾呼啸的瞿塘峡景观。

张问陶一生多次入川出蜀,从秦蜀古道到长江天堑,一路之上风景如画,或艰险壮阔,或舒缓柔美,让人流连忘返。

(二)奇险惊心:对穿越蜀道艰辛的描绘

李白在面对艰险的蜀道时,发出"蜀道难,难于上青天"的感叹,也是历代先贤游历蜀道之时心中的感受。在他们眼中,入蜀之道的艰险程度连善于高飞的黄鹤也无法飞过,连善于攀爬石壁的猿猴都要犯愁。张问陶或为探亲,或为科考,六次穿越秦蜀古道又两次顺长江东去入京任职,所以他创作的诗歌中有大量是作于穿越蜀道的途中或关于蜀道的,《船山诗草》中《戊巳集》从《望栈道作》到《出栈》共有五十五首诗是写于蜀道途中。

乾隆五十三年三月,张问陶进京参加乡试,第一次穿越蜀道,"才乘烟月上瞿塘,风雨旋惊阁道长。旧素新缣成小劫,南船北马似他乡"(《三月十一日由栈道入京师发成都作(其二)》)。早起动身,颠簸一日终于到了瞿塘,伴着风雨,烟雨朦胧中惊叹蜀地的栈道盘旋悠长。

在秦蜀分界处的七盘岭,诗人挥笔写下《七盘岭》:

褒谷高于天,两崖互相啮。褒水犹飞龙,随山亦千折。攀藤遵蜿蜒,蛟螭出深窟。曲栏如层阶,羊肠上盘结。忽讶前旌迥,穿林旋隐没。人行蚁垤间,纤瘦动毛发。望之摇心魂,自顾气益夺。削壁孤根危,太古立积铁。累栈若附赘,欲踏疑溃决。侧首俯万仞,高林下蓊郁。惊涛自雷奔,但见涌微雪……

褒谷两岸的山崖山势陡峭,相对而出,直入云霄,谷底的褒水奔腾,像一条顺山势腾飞的巨龙,攀缘在绝壁上的藤植像蛟螭冲出洞窟。褒谷口的道路险恶,曲折的围栏像递进的一层层台阶,羊肠小路盘旋交错,诗人走在这样的栈道之上,"望之摇心魂",想要踏上去又"疑溃决"。俯视栈道之下,山谷万仞高,丛林高耸,郁郁葱葱,褒水奔涌,水花似雪堆,涛声如惊雷。整首诗都写出了褒斜道最险恶之处七盘岭的艰难险峻,"峭壁孤根危,太古立积铁",一面是陡峭的绝壁,一面是奔涌的褒河,令人生畏。

七日之后,作者走出褒斜古道,站在谷口回望走过的褒谷:"七日陈仓路,真如秉烛行。连峰乍羁勒,一径忽通明。鸟下氐羌阔,山开陇汉平。回头云树合,天半杜鹃声。"(《出褒谷》)一路上峭壁丛树遮天蔽日,忽有一径通明,走出褒谷口,便看到了开阔广袤的陇汉平原,身后的云彩高树相对而出,自行合上,"秉烛行"与"忽通明"形成了鲜明的对比,更显示出褒斜古道的荫蔽陡峭。

诗人在外多年,时至中年,要从京师返回蜀地,路经"西秦第一关"牢固关:"京洛衣尘减,临风一惘然。雄关轻百二,归路易三千。回首迷秦凤,低眉听蜀鹃。家山应不远,叱驾白云边。"(《牢固关》)牢固关是金牛古道的重要关口,地势巍峨,路径陡峭,境内幽邃,因诗人即将返乡,心情愉悦,骑马飞驰在手可接天的山间栈道上,竟也不觉得路途艰辛。

诗人描写了蜀道所经之地犬牙交错、参差突出的乱石、如箭如镞的山峰、陡峭回环的栈道、奔腾湍急的水流以及荫暗遮蔽的谷底,艰难险峻,令人生畏。

（三）廉洁忠勤:对前人事迹的咏叹感怀

蜀地历朝是后备粮仓,是兵家必争之地,有一大批文人武将或游历,或仕宦,或征战至此,张问陶踏着先贤的足迹,追怀咏叹历史,感怀思索现实。

《桔柏渡怀何易于》云:"三水依然绕县流,唐家仙吏古无俦。榷茶独喜焚明诏,腰笏何妨引画舟。碑下耕农应堕泪,桑阴蚕妇不知愁。咸通旧史孙樵笔,常使行人重利州。"何易于是唐文宗太和年间(826—836)益昌(今四川广元市南)县令,为官清廉,体恤百姓。刺史崔朴曾趁春光带众多宾客出游,从上游放舟东下,至益昌附近时令民夫拉纤。何易于亲自拉纤,崔朴惊问何故,何易于说百姓忙于春耕蚕桑,完全无闲暇。自己是崔朴的属下,可以来当差。唐末孙樵曾作一篇《书何易于》,收入《新唐书·循吏》中,使其勤政清廉的事迹广为流传,给后代为官之人树立了榜样。此诗正围绕其事迹而写。

《壬戌祠》曰:"石瘦新田薄,泉香谷涧清。禹功留野祭,羌俗重山耕。画壁灵旗澹,迎猫腊鼓轻。远游畏饥渴,逐处望秋成。"壬戌祠并未见有记载,但这首诗应是访查禹迹,感怀大禹治水功绩,祭祀水土之神的。在从秦蜀古道入蜀之前,险峰林立,所以居住在此的羌族重视在山石之间耕种,但新开垦的田地并不肥沃,幸亏有了大禹治水的功绩,才使得黄河不再泛滥成灾,山间泉水清凉香冽,羌人担忧再受饥苦,便在腊月农事完毕之后祭祀猫神,祈求消灭老鼠,获得来年秋季的丰收。

合江县城有一座用来祭祀后凉开国君主吕光的祠堂,吕光一生征战,镇压了蜀地的李乌起义,威震西北,传说过路船只若不下船祭拜必将船翻人亡,诗人行舟至此写道:"习部水东多石梁,舟人报赛情皇皇。下官既醉不持笏,一杯笑劝西凉王。西凉王!鬼神之事原渺茫,地险那得夸身强。腐鼠骇人极无味,索钱索肉尤荒唐。我等酒人一生死,便投水火殊寻常。南渡洞庭北河曲,东窥沧海西瞿塘。腰间大剑亮如雪,我舟一过蛟龙藏。尔神虽暴毋猖狂!"(《合江县滩上作诗投西凉王》)意为小舟倾覆是因为这段水路地势凶险,水流湍急,而非受到西凉王这些缥缈的鬼神之事的影响,他将生死视之为一,不必拿剥夺生命来威胁他,最后一句"尔神虽暴毋猖狂!"似乎是对统治者及为官者的劝诫,一味使用暴政并不能解决问题,体恤百姓,赢得民心才能使统治长久,直言而出,发人深省。

汉留侯张良是历代官宦推崇效仿的历史人物,他帮助刘邦一起创立大汉朝,此后功成身退,访道修仙,紫柏山就是传说中张良追随赤松子羽化成仙之处,山下的留侯祠就是后人祭祀他的地方。"数千年后访游踪,知在云山第几重?世乱奇书能早读,功成仙骨不争封。恩仇报尽寻黄石,戎马归来慕赤松。看遍汉家诸将相,斯人出没幻如龙。"(《紫柏山谒留侯祠》)作者追寻张良的足迹,整首诗都在褒奖张良洞察世事,聪慧机敏,功成身退,不汲汲于名利,做一个逍遥快活的神仙,是众多汉家将相中最让人捉摸不透的。这一点正是许多为官者做不到或不愿做到的,他们追名逐利,利欲熏心,不愿意舍弃功名利禄。

诸葛亮墓在陕西勉县定军山脚下,全国用来祭祀诸葛亮的武侯祠多如繁星,勉县武侯祠是众多武侯祠当中修建最早,并且是唯一由皇帝下诏修建的"官祠",被称为"天下第一武侯祠"。自魏晋以来,许多文人名士都在此留下诗作墨宝,诗人归蜀路过此处也写下了《沔县谒武侯祠》:"莫援残局叹三分,正朔居然补帝勋。一笑西陵荒草合,墓门谁写汉将军。"赞颂孔明先生三分天下,匡扶汉室的功绩。

张问陶行经先贤英雄的故乡祭祀之处都会留下诗作,诗中怀念体恤百姓,不追名逐利,以身报国的名臣廉官,借此劝诫官员不要施行暴政才能赢得民心,其中也寄寓了自己忧心民生、思君报国的内心情感。

(四)民胞物与:对民生疾苦的深切同情

张氏家族活跃于清代政坛,"一门四世宦山东"。张问陶热衷科举,对历代先贤和英雄人物心怀崇敬之情。但狂放直爽的性格使得他的仕途并不顺利,职位也仅做到山东莱州知州,在莱州任上栉风沐雨,跋山涉水,深入所辖七邑了解民情,并清理积案,考试童生,奖掖后进,清廉爱民又关注民生民情,到最后因为灾民请命,请求上司减免缓交税租,并发放积谷,以赈济饥民不得,胸中郁结,以病为由辞官而去。临行前,他倾尽积蓄为莱州歉收的灾民捐谷七百石。关于其政绩并无详细记载,但民间还流传着很多他断案神准的传说,如"拒奸杀人案""罚喝洗澡水""喝酒审无赖"。

嘉庆初年在蜀地爆发了白莲教起义,起义从嘉庆元年到嘉庆九年,历时九年,波及四川、湖北、河南、陕西、甘肃等地,战争范围广,时间长,人数多,是一次规模空前的起义。多年的战乱加上旱涝灾害,天灾与人祸并行,人民缺衣少食,流离失所,生活在水深火热之中,诗人在归蜀的途中目睹民众的惨状,对生活在战火中的民众百姓表现出深切的同情。

嘉庆二年秋天,张问陶丁父忧归家,在此期间多次往返于京蜀之间,归家时写下了《丁巳九月褒斜道中即事》:"旧说还乡好,今伤行路难。连村有战戟,归将只衣冠。"次年又写了《戊午二月九日出栈宿宝鸡县题壁十八首》这组诗,"大帅连兵甘纵贼,生灵涂炭已三年"(其三)反映了清军的昏庸腐朽,具有反映现实的进步意义。基于民众的惨状,诗人发出"白衣倘许参军事,敢为枌榆惜死生"的感慨,直白不讳地表达出想要披甲上阵杀敌,让家乡早日回归平静的愿望。

除战争对民众的伤害外,还有旱涝天灾,诗人路过河北,目睹百姓的饥苦。"拾杨梯,老妪苦,绿瞳闪烁如饥鼠。……旧日田园足禾黍,两年不雨成焦土。"(《拾杨梯》)这首诗与杜少陵《石壕吏》有异曲同工之妙。他在出任莱州知州途中路过河间,看到当地百姓正在遭受水灾,写下《河间道中》:"沟洫何时废,民因旱涝穷。频年伤积雨,逐处见哀鸿。"《戊午二月九日出栈宿宝鸡县题壁十八首》中还有"豺虎纵横随处有""焦土连云万骨枯"的句子,对官吏们掠夺人民的暴行,以及"万骨枯"社会的悲凉景象做了深刻的揭露。

张问陶川蜀纪行诗的"性灵"特色

钱锺书(1984)《谈艺录》(补订本)称:"乾嘉以后,随园,瓯北,仲泽,船山,楞枷,铁云之体,汇合成风:流利清巧,不矜格调,用书卷而句事僻涩,写性灵而无忌纤佻。"张问陶的川蜀诗写出了川蜀古道的山水风光,胡传淮(2005)《张问陶年谱》言其"句句出人之意外,语语入人之意",语言精妙,意境空灵,读来奇趣横生,但不喜罗列典故,只用易懂的白话口语,让人一看便懂。诗人路过一地便用平淡朴实的语句将所见景色写出,使读者好似身临其境,亲眼所见,让人有"诗中有画,画中有诗"之感。

(一)纯用白描:语语入人之意中

张问陶主张"性灵",与"肌理说"及"格调说"相对立。他反对以考据、训诂增强诗歌内容的"肌理说",也不认同强调学古和论法的"格调说"。某种意义上,这两种学说具有维护封建统治的保守性,以至于忽视了诗人作为独立个体本身的真情与性灵。《怀人书屋遣兴》中有"古虽可爱非今日""独学常疑古""作典还应数自今""只有当前属我生""万古无如眼前好"之语,诗人反对泥古摹拟,不守成教,不囿于旧典,"写出此身真阅历,强于钉饾古人书"(《论诗十二绝句(其三)》),勇于创新,又关注现实当下和自身感受。潘清(1987)《挹翠楼诗话》云:"张问陶太史诗纯用白描……皆自出新意,独写性灵,真不为古人束缚者。"

《莎矶》云:"危矶高并影岩巉,春暖涪江绿未消。入峡似逢双滟滪,隔波如望小松寥。"①矶石高峻耸立,碧绿的涪江透出春意,张问陶将眼前景物与长江所见"滟滪堆""松寥"相对比,虚实结合,流丽清巧,都能看出作者对所见之景的喜爱。

又如《瞿塘巫峡》:"瞿塘蟠大壁,巫峡削千峰。处处奇相敌,山山妙不重。"张问陶的写景纪行诗没有繁杂的意象,也不太注重描写景物的动态变化,目之所见即为诗,《瞿塘巫峡》写三峡的奇特景色,写盘曲而伏的崖壁,刀削一般的巫峡山峰错落其中,处处风光不同,各有奇妙之处,作者写出"此身真阅历",刻画简洁,平实易懂。《襄沔道中》亦是如此:"舟下襄樊北,山围汉沔东。依依双岸柳,漠漠一帆风。小市林檎碧,新渠水稻红。"将自己顺江而下所见写入诗中,江中的小舟,东岸的高山,杨柳,船帆,林檎,水稻,每句一个意象,没有繁杂浓重的修饰,运用极简的白描,信口说出,便是最能表现作者"性灵"的好诗。

---

① 滟滪堆在重庆奉节县东五公里瞿塘峡口,是长江三峡著名的险滩,水中有巨石块,有谚语:"滟滪大如马,瞿塘不可下;滟滪大如鳖,瞿塘行舟绝;滟滪大如龟,瞿塘不可窥;滟滪大如袄,瞿塘不可触。"松寥即松家山,位于长江边,李白有诗:"石壁望松寥,宛然在碧霄。"

（二）奇趣横生：句句出人之意外

朱文治（1990）《书船山纪年诗后》："满纸飞腾墨彩新，谁知作者性情真。寻常字亦饶生气，忠孝诗难索解人。"张问陶写诗反对雕镂刻画，只用平实直白的语言叙述自身所见或社会现实，但他写景的诗句多用比兴手法，读来依旧让人有出乎意料之感，又意趣横生。

《雨后过五丁峡》云："蛟螭突两崖，牙角森鬐鬐。悬流争赴壑，轰若马万嘶。……回梯真暗踏，肃肃如衔枚。急瀑奔大石，突兀来元龟。"诗人将丰富的想象与自己所视所听相结合，用比兴的手法呈现到我们眼前，景象开阔，气势雄浑，别开生面。此处作诗使用比兴手法，却并没有诗人的寄托之意，只是写他对雨后五丁峡景色的赞叹，全诗壮美自然，富有诗趣：读完此诗，我们仿佛看到像蛟龙突出来的锋利牙齿一样的两岸峡壁，听到悬崖上奔流而下的瀑布撞击到峡底的石头上如群马嘶鸣，岩壁遮挡，看不清回环往复的栈梯，谷底寂静听不到一丝声音。前文"乱峰迎客舞"亦是用比兴手法，诗人所写入蜀栈道两旁错落的山峰似是跳舞之态，奇趣横生，"读之蹲蹲欲舞"。

《雨后发黄牛堡》同样是写雨后之景："喷沫漱奇石，宛然滟滪堆。山腰俯危栈，白日腾风雷。"在此运用的联想想象的手法，将雨后黄牛堡溪涧湍流奔腾，由"吞江淮"之势的景观联想到惊险万分的滟滪堆，将栈道想象为飞腾的雷电。前句是写动态，后句是写静态，动静结合，思维翻转跳跃，充满奇气。此诗作于张问陶会试落第自京归蜀途中，仕途的挫折让诗人内心郁结苦闷，一场大雨冲破了溪涧的凝滞，诗人也借此宣泄胸中"所遇无坦途，那得心颜开"块垒，其中寄寓了狂放悲愤的性灵。张维屏（2004）《国朝诗人征略》卷五一《听松庐诗话》评张问陶诗："船山诗生气涌出，生趣飞来。"该是如此。

（三）如临其境：景景生动入目中

从古至今，诗画不分家，张问陶诗书画各有成就，"张问陶以诗名，书画亦俱胜"。张问陶在写诗时借鉴绘画技巧，崇尚自然，注重写生，提炼加工现实常见之物，会让人在读的过程中或之后产生强烈的画面感。张问陶作画画面简洁，但所表达的境界却很宏大，这些特点体现在诗作之中，便是用简练的笔墨、白描的写作手法，挑选具有代表性的意象来表现深邃的意境，有苏轼所言"质而实绮,癯而实腴"(《与苏辙书》)的特点。

张问陶《盐亭》诗:"落日盐亭县,人烟不满城。短林分野色,乱石漱江声。天碧红云秀,山苍白鸟明。杜陵诗境在,寂寞古今情。"此诗展示了暮初时分盐亭县的景象,城内百姓稀少,炊烟偶起,百鸟归林,残阳如血映红了苍天上点缀的云彩,江水拍打着岸边参差的石头。诗作将碧、红、苍、白四种明艳的色彩交叠在一起,有暖有寒,相互映衬又极具层次与美感,增强了诗句的色彩感和画面感,一副闲适空寂的乡村初暮图展现在我们面前,景象清新,赏心悦目。

与《盐亭》对景物进行浓墨重彩的描绘不同,张问陶在《南广》中对所见景物只用质朴的文字,简洁的语言勾画出来:"大石参差出,双江日夜流。丹山围僰道,黑水界梁州。小市三冬冷,荒云万里愁。郡城回首隔,风雨暗西楼。"张问陶在乾隆五十七年返蜀后,在年末又沿川江南下出蜀,路经南广,到了金岷两江汇合处,面对丹山碧水,林峦峰丛,帆影如画,感慨万千,两岸大石参差而出,僰道被包围在重重丹山之中,一道黑水界限分明。集市上人迹稀落,山峦重叠,愁云漠漠,万里蛮荒,回望旧郡城,风雨横斜,烟云笼罩,使味诗轩、西楼这些标志显著的处所昏暗迷蒙,模糊一片,只能依稀见到一点轮廓,一个"愁"字蕴含了万千思绪,表达出情感上的"黯然惆怅"。全诗融情入景,清新自然,画意浓郁,内涵丰富,时远时近,似断实连,空灵沉郁。

《泸州三首》其一将耳闻目击之景写入诗中,语言自然清巧:"城下人家水上城,酒楼红处一江明。衔杯却爱泸州好,十指寒香给客橙。"张问陶住在泸州城外江边的客栈,看到酒楼的红灯笼将江面照得通明,江水波光激滟,景色迷人,短短四句二十八字就将喝着美酒观赏江夜美景的闲逸情致刻画出来。这首诗在后世流传甚广,整首诗语意自然,似乎没有什么深层的韵味,但细细读来仿佛闻到了泸州满城的酒香,看到了城外酒楼之上觥筹交错和当时泸州人休闲恣意的生活。

张问陶的诗歌除了记录蜀道风光外,还写了对在战火和旱涝灾害中生活的百姓的同情,行经先贤故乡时对他们的深切感怀,感情沉郁。他的川蜀诗无论是在艺术手法还是思想内容上都有很高的成就,可以说是对蜀道交通和风情的真实写照。

| 参考文献 |

[1] 郭丽琴. 赵秉文纪行诗研究 [D]. 太原:山西师范大学,2013.

[2] 胡传淮. 张问陶年谱 [M]. 成都:巴蜀书社,2005:56.

[3] 潘清. 挹翠楼诗话 [M]// 钱仲联. 清诗纪事·乾隆朝卷. 南京:江苏古籍
    出版社,1987:6754.

[4] 钱锺书. 谈艺录(补订版)[M]. 北京:中华书局,1984:347.

[5] 朱文治. 书船山纪年诗后 [M]// 徐世昌. 晚晴簃诗汇. 北京:中华书局,
    1990:4505.

[6] 张问陶. 船山诗草 [M]. 北京:中华书局,1986:58-728.

[7] 张维屏. 国朝诗人征略 [M]. 广州:中山大学出版社,2004:11.

| 作者简介 |

龚雪,青岛大学文学与新闻传播学院研究生,研究方向为明清文学。

周潇,青岛大学文学与新闻传播学院教授,研究方向为明清文学。

后　记

　　这本《古代诗文曲研究论集》与《古代文学与文化研究论集》（中国社会科学出版社 2024 年版）为姊妹篇，是由青岛大学文学与新闻传播学院古代文学教研室与山东省高等学校青创人才引育计划团队"中国语言文学研究创新团队"共同编著的学术论文集，旨在挖掘和传承中国古代文学艺术、典籍文献、文化名人、哲人思想及相关领域的传统文化知识。论集力求立足于学科前沿，既注重在基本文献的整理与考据下发现新问题、探索新认知，也注重对前人研究成果重新进行思考与总结，强调的是学术性与可读性的统一。

　　本论集共选取论文十篇，研究范畴贯穿整个中国古代，其中有对早期诗歌与神话中文化意象特征及其发展流变的探究，有对唐宋明清时期名人散文编集及相关问题作出的多方考辨，有针对宋代及明清时期著名诗人某一类型的诗歌艺术进行的专门研究，还有对中国古代戏曲戏剧的表演特征、发展演变及其与传统文化关系方面的梳理与考证，等等。希望这些文章能够给读者提供一些传统文化方面的新知识，也能够给相关研究者带来一定的启发。

　　论集中的学术论文有的是中青年学者的研究成果，有的由古代文学专业的研究生与中青年学者合作完成，还有相当一部分是研究生在老师的指导下独立完成的。之所以这样编排，是因为本论集编著的一个重要目的就是提携、培育学术新人。也许在目前层出不穷的学术论著中，这本论文集只不过是沧海一粟，甚至很快会湮没无闻，但是对于培育新人来说，过程或许比结果更为重要。所以，希望借助结撰此类论文集的契机，增强古代文学与文化爱好者持续从事科学研究的能力和信心，进而在前辈的引领下培养出一批愿意为学术献身的继任者。限于能力和水平，论文集中部分学者（尤其是研究生）的成果中难免会有诸类问题或不足之处，希望得到各位方家的批评指正；另外，本论集的出版得到了山东省高等学校青创人才引育计划团队"中国语言文学研究创新团队"的经费支持，在此一并致谢。

孙立涛

2023 年 2 月 13 日